THALITA REBOUÇAS

Pai em Dobro

Rocco

Copyright © 2020 by Thalita Rebouças

Direitos desta edição reservados à
EDITORA ROCCO LTDA.
Rua Evaristo da Veiga, 65 – 11º andar
Passeio Corporate – Torre 1
20031-040 – Rio de Janeiro – RJ
Tel.: (21) 3525-2000 – Fax: (21) 3525-2001
rocco@rocco.com.br | www.rocco.com.br

Printed in Brazil/Impresso no Brasil

CIP-Brasil. Catalogação na fonte.
Sindicato Nacional dos Editores de Livros, RJ.

R242p Rebouças, Thalita, 1974-
        Pai em dobro / Thalita Rebouças. – 1ª ed. – Rio de Janeiro :
   Rocco, 2020.

   ISBN 978-65-5532-039-8
   ISBN 978-65-5595-027-4 (e-book)

   1. Ficção brasileira. I. Título.

20-66324   CDD: 869.3   CDU: 82-3(81)

Camila Donis Hartmann – Bibliotecária – CRB-7/6472

Este livro obedece às normas do Acordo Ortográfico da Língua Portuguesa

Trecho da letra da música *Partilhar*, com música e letra de Rubel, reproduzido com a autorização do autor.

Impressão e Acabamento: Lis Gráfica e Editora Ltda.

Pai em Dobro

*Para o Du,
por me inspirar a escrever a primeira história
que nasceu filme na minha cabeça.*

Agradecimentos

À Maisa, poço infinito de talento e meu talismã, pela confiança em estrear na Netflix com meu primeiro filme inédito. Nunca vou esquecer.

À Cris, pela parceria, pela lealdade, pelo respeito, pelo carinho e pelas gargalhadas.

A Ciça e Luizão, meu casalzão, por embarcarem comigo em mais uma viagem, sempre com um sorriso.

A Adrien, Alice e toda a galera da Netflix, pela confiança, pelo entusiasmo, pela troca e pela oportunidade de estrear uma ideia original em mais de 190 países. Glup!

A Renato e JP, meus parceiraços, por me aturarem e me ajudarem tanto nessa deliciosa aventura que é fazer roteiro. Uma honra trabalhar com vocês.

À Marcela, por me ouvir, me entender e me fazer mudar de opinião. Você montou, simplesmente, o elenco dos sonhos.

A Marcelo, Laila, Fafá, Bomfim, Thay, Pedro, Rayàna, Caio, Flávia e Raquel (além da Maisa e do Du), vocês todos estão aqui, individual e coletivamente, em coração e cacos. Obrigada pela entrega e pela inspiração. Foi lindo.

Ao Diogo, por ter sido a pessoa mais gentil, carinhosa e solícita deste mundo. Já era fã do Melim, sou mais ainda agora. Gabi, Rodrigo e Diogo, vocês são demais.

Ao Marcus, meu empresário, meu grande amigo, você acreditou em mim e me fez acreditar também. Isso não tem preço. Te amo.

Paulo, João, Ana e todo mundo da Rocco, essa casa sempre tão acolhedora! Obrigada por me ajudarem a escrever a minha história.

Antes de começar, uma palavrinha da autora...

Caro leitor,

O livro que você vai ler é mágico. Não a história que ele conta, mas a dos bastidores.

Para começar, o livro não existiria se não fosse o filme de mesmo nome, o meu primeiro na Netflix e o meu primeiro vindo de uma história inédita, sem livro envolvido. E o longa em questão foi rodado no ano dos meus 20 anos de carreira, e o roteiro dele virou este livro, o que aconteceu pela primeira vez na minha vida. É!!!

Lembro quando a Netflix me chamou para conversar. Eles queriam trabalhar comigo, e eu com eles. Mas, em um primeiro momento, nenhum dos meus livros interessava à plataforma. "Nós queremos ser a sua casa de inéditos", disseram, sem nenhuma preparação. Por dentro eu estava: "Mas eu só sei pensar livro! Que gente louca, de onde eles tiraram a ideia de que eu sei fazer filme sem livro antes?". Em seguida, para arrematar, me instigaram: "Queremos ser uma tela em branco para você pintar!".

Meneei a cabeça, tentando aparentar que achava tudo aquilo muito normal, mas estava completamente alucinada por dentro. Era um superdesafio. E eu adoro desafios. Por que não criar uma história direto para o formato audiovisual? O que me impedia de fazer isso? Não é porque nunca tinha feito que não poderia fazer. Muito pelo contrário!

O tempo passou e, um dia, conversando com o ator Du Moscovis em um aniversário, ele disse, todo fofo: "Bora fazer um filme!". E não é que, uns dias depois, veio uma cena com ele pronta na minha cabeça? Assim:

Vestido de odalisca amarela, com os olhos borrados de maquiagem preta, Paco (ele já nasceu Paco) cura sua ressaca em uma cachoeira, observado por sua filha adolescente Vicenza (que também já nasceu batizada, não me pergunte como, nem por quê). A garota surgiu na vida dele há poucos dias, e o clima é esquisito. Pai e filha se olham com zero intimidade, dois estranhos.

A ideia era pegar essa coisa de o Du ser um conhecido paizão e fazer o oposto, um personagem que nunca quis ser pai. Escrevi e mandei despretensiosamente para ele, que curtiu. E a premissa ficou ali, quietinha.

Dois meses depois, conversando com a Maisa, comentamos como adoraríamos estrear juntas na Netflix (fizemos dois filmes juntas e trabalhar com ela realmente vicia). Na hora, tirei Paco e Vicenza da gaveta. "Quer fazer um filme de família? Uma coisa pai e filha?", perguntei. Ela disse que adoraria, que era *exatamente* o que estava procurando. Mandei quatro linhas de sinopse feita às pressas para ela, que reagiu toda empolgada. Escrevi mais, inventei situações, personagens e tal. A Netflix gostou também! Iei!

Liguei para a Fábrica, produtora do longa, onde tenho alguns projetos em andamento. "Luizão, vamos deixar o que estamos fazendo pra depois e fazer outro filme primeiro?". Ele topou na hora. Era setembro. Corta para começo de novembro, dias antes do meu aniversário: "Du, você *tá* livre em janeiro e fevereiro?". "Porra, *bróder*! Tá brincando!".

Foi assim. Tudo magicamente dando certo, tudo se encaixando de uma forma muito louca e bonita. E só melhora: Paco depois virou artista plástico. Não tinha como não virar. Quem mais pinta tela em branco? E quer saber outra coisa que parece meio encantada? As obras do Paco no filme são assinadas pelo René Machado, superartista, que é amigo do muso inspirador desta história. O René, inclusive, botou nossos protagonistas para darem umas pinceladas na vida real (Du e Maisa pintaram de verdade em cena, foi lindo de ver). O que você também não sabe é que o René vem a ser casado com uma tal de Ingrid Guimarães, minha amiga amada, estrela de *Fala sério, mãe!*, meu primeiro best-seller e minha maior bilheteria no cinema. Vai vendo!

Uma coisa que para mim também faz toda diferença em *Pai em dobro* é o Carnaval, o Carnaval de rua, uma grande paixão sobre a qual eu nunca tinha falado direito nas minhas obras. Até samba-enredo de bloco fictício eu compus (com dois parceiros: Fabio Goes – que é o responsável pela trilha sonora sensacional do filme – e André Caccia Bava). Não é mágico?

Mais mágico ainda foi acompanhar bem de perto o desenrolar dessa história. A pré-produção, a escolha do elenco perfeito, das locações, do figurino, o set, o calor dos infernos, o choro feliz de ver tudo tomar forma, o *happy hour* com a equipe, o pôr do sol na Glória (onde o longa foi filmado), a pós-produção remota em tempos de pandemia... Ah. Teve isso. Um coronavírus no meio do caminho.

No primeiro momento da quarentena, eu pifei. Dei tilt. Minha cabeça ficou completamente oca e quem me tirou das trevas foi a Vicenza e sua busca pelo pai. Eu precisava inventar a história pregressa dos personagens, descrevê-los (pensando em cada ator que deu vida a eles no filme, e foi demais isso!), aumentar diálogos, criar lugares e situações exclusivamente para este livro. Escrever, enfim. Era tudo o que eu precisava. Foi muito importante ter um trabalho tão diferente e inusitado naqueles meses tortos. Muito. Foi terapêutico. Ele me salvou e salvou meus dias em diversos momentos.

E aí, pra completar a magia, *Pai em dobro* sela minha volta à Rocco, editora que apostou em mim lá atrás, me acolhendo com todo carinho há 17 anos, e onde sou tão feliz. Um projeto tão especial, inédito e transformador só podia ser com vocês. E ainda tive a sorte de trabalhar com a Ana Lima, sonho antigo. Olha como a vida é boa comigo?!

Não posso deixar de mencionar aqui a ajuda mais que fundamental da minha agente literária e amiga e confidente Alessandra Ruiz, que desde o começo me incentivou a transformar o filme em livro. Para a Alê, a história da Vicenza tinha tudo para ficar bacana no formato ao qual eu devo tudo o que consegui realizar na vida.

Espero, de verdade, que você concorde com ela.
Boa leitura!

Sumário

Raion	17
Vicenza	23
Paco	37
Prazer, eu posso ser sua filha	51
A sede do bloco	67
A bagunça	70
Boquinha de almofada	78
Começar de novo	89
Giovanne	103
(Uma rápida volta *àquele* Carnaval)	108
Você pode ser minha filha	112
A ex	131
Ó céus, ó dúvida!	140
Pai em dobro	143
DNA	160
I de Índia	164
Os canudos ecológicos	168
Eletrônico com cuíca	175
A festa	187
A confusão	204
Um gosto amargo na boca	214
O inesperado que muda tudo	219
O resultado	236
Família ê, família á, família!	245
Depois	252

Raion

Raion era uma menina especial. Sempre foi, desde pequena, com seu cabelo ruivo e olhos verdes curiosos, sua marca registrada, assim como sua fala rápida e quase impaciente, muito diferente da de seus pais, que era mais mansa, morninha e macia. Veio ao mundo de parto natural, em um hotel simples de beira de estrada, em uma noite de lua cheia, com direito a cheiro de terra molhada, gotas de fim de chuva e raio riscando o céu.

– O nome da nossa filha vai ser Raio! – decidiu Vicente, assim que viu o rostinho amassado da criança.

– Que coisa linda, amor! – reagiu Zana, a mãe daquele raio em formato de bebê. – Mas a gente não combinou que ia ser Nanaiá se fosse menina?

Nanaiá. Sim, Na-na-iá, não estou zoando. Zana e Vicente eram figuras bem... vamos dizer assim... peculiares.

– É verdade. Por causa do N, né? – indagou Vicente.

– Exato. Letra forte.

Não me pergunte o que isso significa, eu não tenho ideia do que faz o N ser uma letra forte. Apenas aceitemos e sigamos em frente.

— Por que a gente não deixa essa letra tão potente para o fim do nome, pra ela nunca esquecer que N vem de *não* e que não faz parte da vida? – sugeriu Zana.

Ah, tá, entendi. Tem a ver com o *não*... Ok, não discuto. Só conto a história.

— Isso! E o não é fundamental na vida, para se ouvir e se falar. Deixa o caminho muito mais florido e cheio de sims – argumentou Vicente. – Então vai ser Raion!

— Raion! – repetiu Zana, para se acostumar com o novo nome.

— Raion.

— Raion.

Eu sei, está repetitivo, mas a história aconteceu assim mesmo. O que eu posso fazer?

— Que perfeito o nome da nossa filha! R-A-I-O-N. Com N de *não* mas também de natureza, de ninho, de nexo, de norte, de *namastê* e de nômade, que é o que nós somos. E de nariz, né?

— Nariz... – repetiu Zana, em um suspiro. – E a vida entra pelo nariz, não é? Que linda lembrança, Vicente!

E assim, sob as bênçãos de Júpiter (ou seria de Netuno, dada a importância do N para o casal?), da Lua, dos deuses hippies, hindus e intergalácticos, nasceu a menina que um dia iria se tornar mãe de Vicenza, a protagonista desta história. Mas dela eu falo já, já.

Raion cresceu sem teto, sem endereço, sem rumo. Vicente e Zana se descreviam como "curiosos pela vida", gostavam de andar por aí sem lenço e sem documento fazendo o bem, meditando, plantando, colhendo e praticando ioga – em um tempo em que ioga era uma palavra tratada como substantivo feminino, pronunciada como *ióga* mesmo, com o ó aberto (tempo bacana aquele). Formavam um casal intenso, apaixonado, místico sem ser chato, esotérico até a página quatro.

A chegada de Raion aumentou o amor dos dois e, entre flores e rituais de fogo e água, a menina foi crescendo em meio à natureza e às intermináveis andanças dos pais e de seus amigos *zen* pelas estradas e todos os cantos do país. As viagens dela com seus progenitores aconteciam muito mais pelo interior, nas cidades pequenas, do que pelas capitais, que eram apenas passagem, já que paisagem, solo fértil e paz sem poluição era o que eles buscavam.

Quando completou 25 anos, a moça foi para o Rio de Janeiro pela primeira vez. A ruivinha de cabelos encaracolados ficou hospedada com a família numa ecovila em Vargem Grande, durante uma breve estada. Mas quando se despediu dos amigos que fez na sua temporada carioca, avisou:

– Vou voltar.

E voltou mesmo.

Dois anos depois, com o pretexto de fazer um curso de respiração quântico-meditativa (o que isso significa talvez nem mesmo o pessoal do curso saiba), aportou no começo do ano de mala (na verdade, uma mochila podrinha) e cuia (na real, um saquinho de pano bem mequetrefe) em Santa Teresa, o bairro das ladeiras, do bondinho, da boemia e dos artistas, uma espécie de Montmartre carioca.

Da janela do seu quarto, Raion podia ver tudo: o Cristo Redentor, o Pão de Açúcar, a Baía de Guanabara, o Aterro do Flamengo... "Como pode ser tão lindo?", pensava todos os dias, enquanto meditava agradecendo por estar ali.

Medita daqui, respira dali, e o tempo passou em um estalar de dedos. Quando ela deu por si, chegou o Carnaval, a época do ano que mudaria para sempre a vida daquela jovem. Mas disso ela ainda nem desconfiava.

Santa, como o bairro é chamado pelos íntimos, já tinha carne de Carnaval descendo por suas ruas estreitas desde aquela época, e transpirava samba, *ziriguidum*, *telecoteco*. Os blocos que nasceram ali até hoje arrebanham milhares de foliões por ano, todos vestidos a caráter, com direito a muito brilho, para celebrar a festa de Momo.

E foi flanando por Santa que Raion descobriu o "Ameba Desnuda", bloco que fazia sucesso desde a década de 1970 tocando marchinhas e sambas memoráveis, e cujos ensaios eram frequentados por gente bamba, que acabava dando canja: Beth Carvalho, João Nogueira, Paulinho da Viola. O Ameba não era pouca coisa não! O povo da Portela também estava sempre por lá: Monarco, Serginho Procópio, Tia Surica. Era um bloco com história, e uma história bem bonita.

Fundado por Arthur Araújo e por sua mulher, Dalva, o "Ameba Desnuda" era a maior estrela carnavalesca do lugar, brilhando mais ainda que os sempre lotados Carmelitas e Céu na Terra. Atrás do Ameba só não ia quem já tinha dado uma morrida. E, naquele ano, lá foi Raion atrás do bloco, pulando, cantando marchinhas encantadoras de olhos fechados e beijando muito. Porque beijo e Carnaval... né?

Livre e desprovida de preconceitos, a ruiva carnavalizou e pegou ge-ral. Mas se encantou mesmo por um artista plástico de olhos grandes e brilhantes como os dela, que estava fantasiado de mulher, com batom vermelho, camiseta apertada e saia com a barriga peluda aparecendo ("E que barriga linda!", pensou Raion, ao ver todos aqueles gominhos tão perfeitinhos). "Vou ali", decidiu.

– Oi, meu nome é Raion. E o seu?

– Paulo, mas todo mundo me chama de Paco.

– Você é bonito, né?

– BonitA – corrigiu Paco, fazendo Raion sorrir.

– Eu quero te dar um beijo.

– Que bom, porque eu também quero.

E assim, Raion e Paco começaram uma história muito fofa. Eu não disse *de amor*, eu disse *muito fofa*, ok?

Beijos suados, olhares intermináveis, risos encantados, confete, muito confete, e serpentina. O beijo dele era bom, muito encaixadinho com o dela. Passaram dias juntos, e Paco se revelou um guia turístico de primeira, apresentando Santa devidamente para Raion. Levou a moça para comer pastel no Bar do Mineiro, para ver o entardecer no Parque das Ruínas e conhecer o Museu Chácara do Céu. Mostrou para ela também outros encantos do Rio: o Maraca, o pedalinho da Lagoa, o sorvete de chocolate branco com framboesa do Mil Frutas e a cachoeira onde seu pai o levava quando pequeno.

Fizeram o percurso obrigatório para todo mundo que não conhece a cidade: Cristo, Pão de Açúcar, Confeitaria Colombo, Aterro, Prainha, Grumari, Pedra Bonita, pôr do sol no Arpoador, asa delta em São Conrado, trilha do Morro do Telégrafo... Breve, porém intenso. Assim foi o romance de Raion e Paco.

Bonito, leve, inesquecível e especial. Sim, especial, taí uma boa palavra para descrever o Carnaval vivido dezoito anos antes por aquela garota de olhos curiosos. Tão especial que gerou Vicenza, a razão da história que eu vou contar aqui.

Vicenza

Tâmaras maduras, em cores, formas, texturas e tamanhos diversos, invadiram a cabeça de Raion naquela noite calorenta de primavera. Até o cheiro das frutas ela conseguia sentir. Na sequência, apareceram Gandhi, um avião, a letra I maiúscula bem grande, o palhaço Bozo, com quem ela nunca havia ido muito com a cara, e depois um avião de novo, e a seguir imagens da Índia, da Itália, da Inglaterra (olha a letra I aí!), e também Ganesha, um dos deuses mais lindos e adorados do hinduísmo. E então veio a Uma Thurman em *Kill Bill*, o Bob Esponja, o padre Fábio de Melo, um coração de papelão, e mais outro avião, e tome avião, e bota avião nisso, até que...

"Uau, que sonho maravilhoso!", pensou Raion ao abrir os olhos, enquanto o dia ainda amanhecia na Universo Cósmico, um misto de ecovila e pousada elegante, autossustentável, com tecnologia quase zero, que abrigava várias famílias em casas construídas a partir de materiais atóxicos, reciclados e não poluentes.

Não era uma manhã qualquer. Aquele dia que se iniciava era 8 de novembro, aniversário de 18 anos de Vicenza. Ah, é bom esclarecer que não, não se fala *Vitchenza*, é Vi-cen-za mesmo. O nome é uma homenagem aos avós maternos da garota, a junção de Vicente com Zana. Foi com eles, aliás, que Raion chegou naquele lugar, mais ou menos um ano antes do Carnaval em que a filha foi gerada.

Zana e Vicente ficaram com a filha e a neta na Universo Cósmico por doze anos e doze dias. Uma noite, porém, Zana recebeu um chamado. Ela pre-ci-sa-va ir para o Tibete. Pegou Vicente pelo braço e nunca mais voltou. Estão lá ainda, passam bem, correspondem-se por cartas com Raion e Vicenza e seguem a vida mais unidos e apaixonados do que nunca.

Raion se tornou uma espécie de gerente do lugar, cuja dona, Mãe Lua, amiga de infância de Zana, virou uma segunda mãe para ela. Toda semana, a pousada mística recebia hóspedes (poucos, selecionados e endinheirados, vale dizer) para temporadas de meditação, cavalgadas, retiros espirituais, aulas intermináveis de ioga e fogueiras sagradas (seja lá o que isso signifique, deixa quieto).

Mas estávamos falando do sonho *mucho* louco de Raion. Por mais que ele possa parecer confuso para a maioria dos mortais, a mãe de Vicenza, esotérica-raiz, hippie por opção e vocação, fã de jiló cru e dona do cabelo mais cheio de nós de que se tem notícia, entendia tudo sobre sonhos. Para ela, a mensagem havia sido dada e estava clara, claríssima: ela tinha uma missão a cumprir. Mas não era hora de pensar nisso, não àquela hora.

– Bom dia, flor do diaaaa! – sussurrou Raion, assim que entrou no quarto da menina, segurando um prato cheio de pedras, cristais e uma vela no meio.

— Vela sem bolo, é isso mesmo? – indagou Vicenza, tirando uma remelinha dos olhos e revirando-os em seguida.

Ah, a adolescência, essa fase tão carinhosa e aparentemente in-fi--ni-ta da revirada de olhos que os pais tanto adoram! Mas, verdade seja dita, a relação da garota com a mãe era de extremo amor e cumplicidade. Uma era louca pela outra, uma coisa bonita de se ver, e mesmo achando Raion bem fora da casinha às vezes, Vicenza, a menina mais doce, pura e legal que já existiu, dizia para sua progenitora que ela era a sua pessoa preferida no mundo.

— Que vela sem bolo o quê! Tá doida?! É bolo de luz com calor humano, receita nova da Mãe Lua, ajudei a fazer. E foi lindo, envolveu suor, energia quântica, sovaqueira... bons fluidos. Anda, levanta!

Raion era assim, achava sovaqueira uma coisa linda. E Mãe Lua... bem, você vai conhecê-la melhor daqui a pouco.

A jovem obedeceu e sentou-se na cama para ouvir, pelo décimo oitavo ano consecutivo, o *Parabéns a Você* mais animado de toda a Via Láctea, entoado em uma língua que ela nunca soube direito qual era – e desconfiava que Raion também não soubesse.

— Radun pazuká-ass-lé-bi! Radun pazuká-ass-lé-bi! Ommnerê Xi--van-da-raaaa! Ommmnaaa-aa shi-vai-aaaaaa! Viva a Vicenza!!!

A garota agradeceu fofamente, como fazia todos os anos. Antes de apagar as velas, a aniversariante da pele branquinha, sorriso suave e cabelo rosa nas pontas (efeito conseguido graças à casca de beterraba) ficou de olhos fechados por uns segundos.

— Parabéns, minha deusa!

— Brigada, mãe.

— Que foi que você pediu quando apagou a vela? — perguntou Raion.

— Saber quem é meu pai, ué. É hoje que você vai me contar, né?! — falou a menina, cheia de esperança. Afinal de contas, era seu pedido há dezoito anos. Ela merecia ganhar esse presente!

— Não, não tá na hora! A Lua não tá alinhada com Júpiter, Mercúrio tá suuuper-retrógrado, o estômago místico do planeta tá com azia...

— Poxa, mãe, eu tenho o direito de saber!

Sem querer me meter, mas já me metendo... ela tinha mesmo. Todo o direito. Então foi a vez de Raion revirar os olhos, impaciente.

— Até nos seus 18 anos você fez o mesmo pedido de sempre, Vicenza?

— Fiz! Isso não te comove, não?

— Não! — respondeu Raion, muito convicta.

— Você não entende o que isso significa pra mim, mãe?

— Entendo, claro! — respondeu, com a naturalidade que lhe era peculiar quando o assunto era esse.

— E mesmo assim não mexe com você eu querer conhecer meu pai?

— Neeem um pouco.

— Você se acha a dona da razão, né?!

— Mas eu sou, gente! — concluiu Raion, com um sorriso no rosto.

Era sempre a mesma coisa. Aquela negativa da mãe a garota escutava havia anos, sempre com as justificativas mais estapafúrdias. Era de cortar o coração. Apesar de leve e desencanada, Vicenza tinha esse imenso vazio no peito, esse buraco, e tudo o que ela queria era tapá-lo com a figura paterna. Custava a mãe contar? Custava?

– Eu mereço saber, eu sou adulta agora! – reivindicou Vicenza.

– Adulta lá fora, né? Aqui, no nosso cantinho de transmutação verde-royal, as pessoas só são consideradas adultas depois de 26 movimentos de translação da Terra. Então, meu amor, falta muito ainda pra você virar "adulta" aqui.

Revoltada, a aniversariante levantou-se abruptamente e, irritada, desabafou:

– Você é muito insensível, sabia?!

– Eita! – fez Raion, com a mão tapando o nariz. – Vai escovar o dentinho, meu amor, depois você fala com a mamãe.

– Eu não quero falar mais nada!

– Ah, mas mamãe quer falar.

Pausa dramática. Raion era cheia delas. Adorava um suspense, um olhar de mistério, um tchanananã.

– Mamãe teve um sonho.

– Lá vem... – reagiu Vicenza.

– Calma, desta vez mamãe não vai te botar pra abraçar cabrito nenhum.

– Doze cabritos. Foram *doze* cabritos!

– Tá, mas esquece, que esse sonho não tem nada disso! Esse sonho foi presencial, o de ontem foi de alfabeto – explicou com naturalidade, como se qualquer um soubesse do que ela estava falando.

"O que seria um sonho de alfabeto?", Vicenza cogitou perguntar. Mas ela conhecia bem a figura, e deixou a mãe seguir em frente.

— Mamãe sonhou com a letra I. I de país! Aí apareceu Irã, Iraque, Irlanda, Itália, mas eu *sei, eu sei* que é Índia. Eu *sinto*, e cê sabe que mamãe sente as coisas, né, filha?

— Sei, mãe. Mas não pode ser I de Inglaterra? Islândia? Iêmen?

Raion espremeu os olhos verdes, sentiu um breve momento de confusão interna, mas...

— Não, não, não. O negócio tá na Índia.

E então uma nova pausa dramática se fez antes da grande pergunta da manhã:

— Você vem com a mamãe?

Vicenza não precisou nem de meio segundo para responder com outra pergunta.

— Meu pai tá lá?

— Não – respondeu Raion, que não aguentava mais ouvir a palavra "pai" naquele dia que estava só começando.

— Então, não. Muito obrigada. E quer saber? Você que tem coisas pra descobrir na Índia. Eu tô mega de boa aqui e não tenho a menor vontade de ir pra lá. Além do mais, eu acho ótimo a gente tirar férias uma da outra.

Raion achou aquilo um acinte. "Que filha respondona era aquela?", pensou, antes de tomar fôlego para dizer, enérgica:

— Vicenza Shakti Pravananda Oxalá Sarahara Zalala da Silva, que tom é esse que você está usando para falar com a mamãe? Que tom é esse com a *Índia*? Mamãe já disse: respeita a Índia, filha. A Índia é um estado de espírito, a Índia é uma consciência quântica, um pulsar coletivo. A Índia tá dentro de mim, de você e de todos nós.

A aniversariante revirou os olhos pela segunda vez naquela manhã, olhou para o teto com aquela expressão de "Ó, céus!" e saiu marchando para o banheiro.

– Que vida injusta! Que vida injusta!

– Mas quem disse que a vida é justa? Vicen... Vicenza, volta aqui!!

Depois de se arrumar e já com a leveza e o humor de volta, a aniversariante saiu de casa rumo à cozinha comunitária da ecovila, onde prepararia seu próprio bolo de aniversário. Um que ela pudesse mastigar e engolir.

A Universo Cósmico era enorme, tinha mais de 15 hectares de verde, com direito a cachoeira, lago, montanhas e um azul de céu que só se via ali. A comunidade era realmente especial. As coisas pareciam andar em câmera lenta, as pessoas só sabiam conversar olhando nos olhos, sem telas brilhantes envolvidas, sem redes sociais para tirar o foco do contato pessoal. Os abraços eram de verdade, o afeto, em larga escala, e se uma palavra apenas pudesse ser usada para definir aquele pedacinho de paraíso, essa palavra seria paz. Ah, sim! Sinal de celular era coisa rara, às vezes pegava, às vezes não. Para conseguir falar com alguém, só mesmo perto do Morro da Ribeira, de onde se via o pôr do sol mais bonito do mundo.

Quer mais paraíso que isso? Se você é adolescente, não vai achar, mas nossa heroína não dava a mínima para smartphones. O dela era do início dos anos 2000, com tela mínima e espaço quase nenhum para jogos, redes sociais e afins.

Vicenza bem que tentou ficar mais feliz no seu dia, mas estava difícil. Desde que se entendia por gente contava os dias para seu aniversário de 18 anos, pois tinha certeza de que, por ser uma data especial – mesmo que apenas fora da Universo Cósmico –, a mãe se dobraria às suas súplicas e revelaria quem era, afinal, seu pai.

Querida por todos, a filha de Raion, mesmo com um sorriso triste no rosto, não dava dois passos sem ser felicitada efusivamente pelos seus pares, que estalavam dedos, limpavam sua aura e lhe beijavam a testa com ternura quando a viam. Chegou na cozinha cheia de más intenções: além de um bolo de aniversário de caneca, iria preparar cookies. Taí uma coisa que ela amava: comer seus cookies em formato de coração. Além de cozinhar e pintar, ela costurava, bordava, consertava encanamentos e pregava quadros como ninguém. E cuidava das finanças da comunidade, organizava gavetas e ainda dava aulas particulares de matemática. Ela era o que as avós chamam por aí de menina prendada.

Vicenza entrou em seu ateliê com o bolo de caneca e o pratinho de cookies, olhou para suas telas e ficou orgulhosa do que viu. Sua produção era diversificada, e ela gostava de olhar para o espaço cheio de quadros pendurados na parede, com paisagens, retratos, corações de mil formas e desenhos abstratos. Pegou aquarela, pincel e se postou diante de um cavalete, onde havia uma tela parcialmente pintada, um autorretrato que tinha nariz, boca, queixo, sobrancelhas e cabelos. Observou a tela por alguns minutos enquanto comia suas delícias e, depois de um tempo, botou os doces de lado, tirou as sandálias – ela só conseguia pintar descalça –, respirou fundo e começou a retocar a pintura. A rotina dos últimos dias, então, se repetiu. Era sempre assim: ela respirava fundo, botava o pincel a postos, mas... paralisava, angustiada. Simplesmente não conseguia pintar seus olhos.

– Sabia que ia te encontrar aqui. Parabéns, meu amor! – saudou Mãe Lua, uma mulher em seus 60 e poucos anos, com longos cabelos grisalhos, de sorriso e coração gigantes, a idealizadora da Universo Cósmico, a *gurua* de todos, a conselheira, a sábia, a cigana, a feiticeira... Tá, chega.

– Brigada!

Mãe Lua estava visivelmente satisfeita, parecendo saber que tinha escolhido bem o presente da aniversariante. Orgulhosa, tirou uma caixinha do bolso, dessas que guardam joias, e estendeu para a menina.

– Toma. Babosa com quiabo, abacate, coentro, salsão e um *pouquiiiinho* de mel. Fiz pro seu cabelo, que tá ressecado, sem brilho, cheio de ponta dupla! Ainda emanei uma luz rosa xamânica maravilhosa. Sua cabeleira vai ficar um escândalo!

Qualquer menina de 18 anos acharia uma afronta ganhar de aniversário um creme para cabelos chochos, mas Vicenza agradeceu com um sorriso genuinamente feliz.

– É você? – perguntou a segunda mãe da jovem, enquanto observava a figura sem olhos do quadro que Vicenza tentava pintar.

A menina fez que sim com a cabeça.

– Tô tentando terminar, mas tá nível missão impossível... Nunca tive tanta dificuldade pra finalizar uma tela, nunca!

– Ô, filha... é que você precisa se conhecer melhor pra fazer um autorretrato, meu amor – explicou Mãe Lua. – Nossa, que lindo isso que eu falei agora. Profundo, né? Sou muito profunda e sábia mesmo. Impressionante.

E zero modesta, vale acrescentar.

Vicenza riu, mas logo voltou ao tema da tela.

– Como é que eu vou me conhecer se nem meu pai eu conheço?

A *gurua* respirou fundo e olhou Vicenza com ternura.

– Fala com a minha mãe, Mãe Lua?! – pediu a menina.

– Já falei! Mil vezes. Mas nem eu consigo mudar a cabeça da Raion em relação a isso, meu amor.

A responsável pelo Universo Cósmico puxou Vicenza para um abraço. Vicenza fechou os olhos e apertou forte Mãe Lua, que não percebeu que uma lágrima caiu suave, mas doída, pelo rosto da garota.

O dia 2 de janeiro chegou muito rápido. Depois de um Réveillon místico ao lado dos seus, havia chegado o momento de Raion ir para a Índia, obedecendo à mensagem recebida em seu sonho. Iria para lá para entender o que havia sido o recado onírico, para se autoconhecer, para se autoamar, para devorar internamente seu "eu energético", para analisar antropologicamente o DNA de sua alma... enfim, para caetanear (ou djavanear) o que há de bom.

Uma kombi colorida, que parecia saída do desenho do Scooby Doo, estava parada diante da entrada da ecovila, com Mãe Lua ao volante buzinando com vontade e chamando a amiga da vida inteira.

– Tá na hora, mulheeer! – gritou ela.

– Já tô indoooo! – gritou de volta a mãe de Vicenza.

Raion e sua filha logo saíram do lar em que moravam havia dezoito anos. A menina ia sentir saudade da mãe, mas entendia o quão importante era aquela viagem para ela.

– Tchau, mãe, boa viagem. Leva ela direitinho para o aeroporto, tá, Mãe Lua?

– Deixa comigo! – respondeu a gurua.

Enquanto a mestra esotérica colocava a bagagem no porta-malas do carro, Raion puxou Vicenza para um abraço de urso e não demorou a limpar sua aura.

– Viva os anjos anões marroquinos, viva o erê sem odor, salve o broto de alface! – gritava Raion, enquanto fazia movimentos vigorosos com a mão em torno da cabeça da filha.

Eu sei, de perto a Raion parecia bem louca. E talvez fosse. Ou não, vai saber. De perto ninguém é normal, já cantou Caetano.

– Brigada, mãe.

– E ó: não vai fazer nada insano, hein? Não quero saber de você botando dedo em tomada, cuspindo fogo, alisando tigre... – disse Raion.

– Era um gato grande, mãe.

– Era filhote de tigre! – gritou Raion. – E não discute com a mamãe!

– Tá bom, mãezinha, fica tranquila, eu sei me cuidar – falou Vicenza, calmamente.

– Lindeusa minha! – exclamou Raion. – Mas presta atenção: se você sentir *necessidade* de fazer alguma coisa insana, não é vontade, é *necessidade*... ouve seu coração. Porque se ele, e só ele, mandar você pra insanidade... aí você vai, minha filha. Segura na mão de Ganesha e vai.

– Sério? – questionou Vicenza, espantada.

– Sério – confirmou Raion, suspirando logo em seguida. – E, se for, é só não contar pra mamãe que foi, tá bem? – concluiu, e piscou o olho para a filha, sapeca.

Que figura, essa Raion! Que figura!

– Te amo, mãe!

– Te amo, filha!

E, em alguns instantes, a kombi colorida foi desaparecendo pela estradinha de terra da saída da ecovila, levantando poeira.

Se por um lado Vicenza já estava saudosa de sua progenitora, por outro estava feliz da vida, porque adolescentes de 18 anos são adolescentes de 18 anos em qualquer lugar do mundo. Era a primeira vez que a garota ficaria sozinha naquele mundão verde que ela conhecia tão bem. Ao contrário de sua mãe, que passou a vida peregrinando com os pais sem fincar o pé em nenhum lugar, ela nunca tinha saído da Universo Cósmico. Quando lá chegou, Raion entendeu que o lugar era seu porto seguro, e nunca mais pensou em sair.

Vicenza até cogitou dormir de novo, mas não conseguiu. Pegou um livro para ler, mas teve uma ideia melhor: resolveu fazer faxina (ela a-do-ra-va uma faxina. Ninguém é perfeito, vai!).

Espana daqui, aspira dali, a garota deu de cara com o porta-retratos que mostrava a foto de Raion grávida. Estava linda, reluzente, plena, em uma cachoeira, com a barriga mais bonita do mundo todinho. A menina pegou um pano úmido para limpar carinhosamente o objeto e olhou detalhadamente o rosto da mãe. A pele branquinha, o nariz, o queixo, o maxilar bem marcado... Então, se olhou no espelho para comparar com o seu, e olhou para o da mãe de novo... Porém, quando botou o porta-retratos de volta na mesinha de cabeceira, os dedos úmidos de Vicenza o deixaram cair e o vidro se espatifou em mil pedaços.

Quando se abaixou para recolher os cacos, ela viu que, colada na foto da mãe, havia outra foto. E uma foto feliz, sabe foto feliz? Na imagem, uma Raion fantasiada e toda trabalhada na purpurina (a tia do glitter) sorria com o rosto inteiro, e estava ao lado de um jovem igualmente fantasiado, diante de uma casa. No muro, havia uma placa com os dizeres "Ateliê do Paco". Vicenza olhou atrás da foto e viu uma anotação feita à mão, de caneta: "Carnaval no Rio, Santa Teresa, Raion e Paco". E logo abaixo, havia anotado também um ano. Que era o mesmo do seu nascimento.

Em fevereiro tem Carnaval, já diz a música do Gil. "Então... fevereiro, março, abril, maio, junho... novembro. Novembro! Ei!!", estalou o cérebro de Vicenza, quando a matemática fechou. "Essa foto foi tirada dezoito anos atrás, nove meses antes de eu nascer!", concluiu, surpresa.

Por que Raion guardava justamente aquele registro, com aquele cara, atrás da sua imagem grávida? Por que esconder o diacho da foto? "O homem da foto... que sorriso de paz ele tem", pensou Vicenza.

Boquiaberta e com o coração acelerado, na hora teve uma certeza: era um sinal. Tinha chegado a hora, sim, de ir atrás da sua felicidade e, finalmente, conhecer seu pai, o Paco.

Paco

Desde o jardim de infância, Paulo já era Paco. O apelido foi dado por tia Denise, sua primeira professora e também primeiro crush. Ele adorou, e a partir daí virou Paco para a escola, para a família, para o mundo e para ele mesmo, que passou a se apresentar assim, pelo apelido, para quem quer que fosse.

O futuro artista plástico já nasceu grandão em Petrópolis, de cesárea, dois anos depois de Ricardo, o irmão que ganhou dele o apelido de Dado. Paco era o queridinho da mamãe, verdade seja dita. Dado, por sua vez, era a sombra do pai, mas a ciumeira era bem administrada na casa dos Costa, onde a paz e a harmonia sempre moraram.

Ao completar 14 anos, Dado tinha perdido a conta de quantas vezes ouviu que era a cópia do pai. O garoto até que ficava feliz, mas também um pouquinho angustiado, e aquele aperto no peito batia não porque não amasse o pai. Ele não só o amava, como o idolatrava, mas queria ser mais que herdeiro de frigorífico. Não queria só cuidar de carne na vida. Sim, porque seu Lair, o pai dos dois, era dono não só do maior frigorífico, como do melhor açougue da cidade, lá na década de 1970. A excelência da carne sempre foi uma obsessão dele, e não tinha chance de um cliente chegar ao *Sangue Bom* (esse era o nome, fazer o quê?) e sair de lá insatisfeito. Desde sempre, Lair vendia todo tipo de carne, até as não muito populares, como ganso, pato, javali, mas Dado torcia o nariz, pois tinha alma vegetariana. Talvez tenha a ver com seu sangue, tipo A, que prefere a rúcula e seus primos a uma boa carne vermelha sangrando.

Paco até poderia seguir a carreira do pai, mas, já na primeira infância, Lair percebeu que o caçula não daria para os negócios. O menino dos cílios gigantes e olhos expressivos pintava dentro de casa. Não o sete, como dizem os mais velhos, mas tudo: papéis, papelões, paredes, portas, armários, móveis e gavetas. Com lápis, pilot, canetinha, pincel de barba, colher, maquiagem da mãe, o que encontrasse pela frente.

— Nossa casa está toda rabiscada por causa do seu filho! — estrilava Lair, de vez em quando.

— Ele é seu filho também! E nasceu artista, meu amor! Não é rabisco, é arte — respondia Ruth, boba, boba, com o dom evidente do seu filho mais novo.

Não era corujice de mãe, não. Paco era talentoso mesmo, mas Lair fingia não ver e ainda resmungava:

— Arte não enche barriga de ninguém!

Mas enchia a cabeça de Ruth de boas lembranças. A pintura de Paco a levava de volta a um hobby que ela adoraria ter transformado em trabalho, mas lhe faltou coragem. Como tanto seus pais quanto os de Lair menosprezavam seu talento para pintar, o sonho de ser artista foi posto de vez na gaveta quando ela se casou.

Pai em dobro

A chegada de Paco e toda a alegria que ele sentia pintando trouxe o brilho de volta aos olhos de Ruth, que sempre adorou traduzir sua imaginação em cores e texturas. Nada a deixava mais feliz do que uma tela em branco, pronta para ser preenchida. Ao notar o fascínio do filho desenhando, ela comprou tudo o que ele, do alto dos seus seis aninhos, precisava para se sentir um artista de verdade: cavalete, aquarela, tintas, pincéis... Com isso, o garoto não parou mais de fazer arte. Nem ela. Coisa *marlinda* ver Ruth pintando novamente, dando asas à sua imaginação... Quem diria... o filho trouxe de volta a inspiração para a mãe, e olha que ela nunca pensou que pegaria em um pincel novamente.

Professora primária, mas com potencial para se tornar uma grande artista, Ruth, autodidata, abandonou tudo quando seu primogênito nasceu – arte, carreira, sonhos – para virar mãe em tempo integral, e não se ressentia disso. Se trabalhasse, não teria como ficar tardes inteiras pintando com seu caçula.

– Quer fazer um quadro com a mamãe? – perguntou a Paco certa vez, quando pintavam no jardim. O menino devia ter seus oito anos.

Mas o projeto de artista respondeu sério, de bate-pronto.

– Não, mamãe. Quadro é coisa pra se fazer sozinho. Sozinho.

Caríssimo leitor, sem querer dar *spoiler*, guarde bem esse momento. Ele vai mostrar direitinho como o mundo gira, como o tempo é sábio, e como opiniões mudam de um jeito muito, muito bonito. Sigamos.

Ninguém sonhava que aquele garoto doce de olhos expressivos se tornaria o grande artista que ele virou, com obras expostas em

Nova York, Paris, Berlim... Paco sempre foi visceral, intenso, profundo, inspirado, e suas pinceladas eram o reflexo disso. Quando, aos 15 anos, quis levar a sério sua vocação, sua mãe, que tinha se separado do pai uns anos antes e voltado a lecionar, abandonou a vida de professora novamente, dessa vez para correr atrás do sonho do filho (que era um pouco seu também). O sonho de Paco? Escrever "artista plástico" no espaço destinado à profissão nos formulários da vida. O de Ruth? Dar todos os empurrões possíveis para que ele conseguisse trilhar esse caminho. Era como se estivesse se realizando por intermédio do filho.

Com o aval de Lair (por mais que torcesse o nariz, ele queria ver o filho feliz), Ruth partiu para o Rio para fazer com seu rebento o que seus pais nunca fizeram por ela: incentivar sua arte, matriculando-o em uma escola que desse a ele a técnica que ela nunca aprendeu. Os dois ficaram hospedados na casa de Ênia, irmã de Ruth, que conhecia meio Rio de Janeiro e prometeu ajudar a abrir portas para o sobrinho. Se a esperança já era mínima quando Paco era criança, naquele momento morria de vez para Lair o desejo de pai de ver seu caçula cuidando dos negócios da família. "Pelo menos Dado está no caminho certo", ele acreditava.

Ah, o Dado. Paco era absolutamente fascinado pelo irmão. Era Dado isso, Dado aquilo, Dado, Dado, Dado, o dia todo Dado. No começo, o mais velho não dava muita trela para o menor, a quem chamava docemente de "melequento". Briguinhas entre eles eram comuns, mas as demonstrações de afeto e cumplicidade eram muito mais frequentes. Cresceram e se tornaram grandes amigos, apesar das diferenças. Dado gostava de física, matemática, química; Paco de português, história. Ambos odiavam geografia. Era o que tinham em comum. E também o humor sarcástico, a vasta cabeleira negra, o amor pelos Beatles e os olhos grandes e cheios de vida. Dado era do rock, Paco da MPB, que aprendeu a cantarolar com a mãe enquanto pintava ao lado dela. Dado era noite, Paco, dia. Dado era cabeça, Paco, coração. Dado era certeza, Paco, intuição. Dado era prosa, Paco, poesia.

Aos 16 anos, o mais velho falava de garotas para o mais novo, que prestava bastante atenção, já que até então ele não fazia sucesso com o sexo feminino. Só até então. No dia em que aquela timidez doce se juntou a uma beleza peculiar e a uma solteirice convicta, Paco tornou-se um dos maiores sucessos do Rio de Janeiro. Dado e ele falavam sobre tudo, e não era raro o *brother* mais velho recorrer a ele em busca de conselhos de toda ordem.

– Por que eu não consigo dizer não pro papai, Paco? Eu não quero ser artista, mas também não quero cuidar de frigorífico! É pecado querer mais que isso pra vida?

– Claro que não! Fala com ele! – incentivou o irmão.

– Ele morre se eu falar!

– Mas a vida é sua, Dado!

– E a gratidão, e tudo o que ele fez pela gente? Isso pesa aqui dentro. Se nem eu nem você seguirmos com o negócio dele, seu Lair morre de desgosto, eu acho.

– Eu acho uma injustiça você anular sua vida em prol do papai, da mamãe ou de qualquer pessoa.

– Eles fizeram isso pela gente – argumentou Dado.

– Posso estar sendo megaegoísta, mas eles são pais, optaram por isso, escolheram isso. Não quero me sentir obrigado a suprir expectativa de ninguém, *bróder*.

Dado ficou pensativo.

– Por essas e outras que não vou ter filho – decretou Paco.

– Sério? Quem morre se ouvir isso é a mamãe!

Os dois riram, o momento passou e... Dado respirou fundo antes de chegar à conclusão mais difícil de sua vida.

– Você é o irmão que vai voar, Paco. Eu não... vou fazer vestibular para Administração mesmo, e seja o que Deus quiser.

– Sério? – questionou Paco, indignado.

Dado só fez que sim com a cabeça.

Era sério, muito sério. Generosidade era o nome do meio do mais velho. Dado não só estava deixando o caminho aberto para o irmão seguir seu destino, como parecia se resignar com o que a vida tinha reservado para ele.

Foi Dado quem ensinou o irmão a jogar bola – Paco virou craque, aliás, e chegou até a cogitar uma carreira nas quatro linhas. Pelo Botafogo, time de Lair, fanático pelo alvinegro desde sempre. Se tinha um programa que unia a família era o futebol. Dava gosto ver os Costa torcendo e gritando e xingando em frente à tevê, ou no Maraca, programa que faziam com frequência nos fins de semana.

Quando Paco completou 16 anos, mudou-se de vez com Ruth para a Cidade Maravilhosa. A despedida dos irmãos foi cinematográfica. Ah, sim, outra característica em comum dos irmãos: ambos eram emotivos, e se orgulhavam disso. E muito amorosos também. E *abracentos*. Dado torcia pelo irmão e, ao contrário do pai, sempre viu seu talento e morria de orgulho.

– Voa, mano. Qualquer coisa vocês voltam – disse o irmão mais velho, na despedida.

– Ei! Não fala assim! Parece que tô indo pro outro lado do mundo. O Rio fica a uma hora e meia daqui! A gente vai se ver toda hora!

E se viam mesmo. Ora Paco ia a Petrópolis para desacelerar do ritmo frenético da cidade grande, onde agora vivia, ora Dado descia a serra para conhecer o Rio sob os cuidados de Paco, que o levava para praias, cachoeiras e cantinhos de Santa Teresa que só ele conhecia.

Em alguns fins de semana e feriados prolongados, Lair ia também e a farra ficava completa. A família, em harmonia, divertia-se junta. O pai dos garotos conhecia o Rio como ninguém, pois tinha muitos clientes por lá. Sempre que iam visitar tia Ênia, desde muito antes de Paco morar lá, Lair levava os filhos a uma cachoeira linda, escondida, um verdadeiro oásis em meio ao caos de uma cidade ligada no 220. Os três se esbaldavam na *cachu*, como Paco chamava a charmosa queda d'água desde que foi apresentado a ela em umas férias, quando tinha uns nove aninhos. Mesmo distante, a família seguia unida, e os irmãos também. Nada tinha mudado.

Dois anos se passaram quando uma grande discussão aconteceu entre Dado e o pai. Seguindo o conselho de Paco, o irmão mais velho resolveu peitar Lair e disse que não queria passar a vida atrás de uma mesa de escritório, que não desejava trabalhar com carne, e não imaginava para ele nada daquela vida que se descortinava.

– Quer ser vagabundo que nem seu irmão?

– Ele não é vagabundo! – esbravejou Dado. – Ele é corajoso! Foi atrás do sonho dele.

– Sonho... você e sua mãe são dois lunáticos! Só vocês e sua tia para darem força para o Paco virar artista. Artista plástico, ainda por cima. Do que vivem os artistas plásticos, você sabe me dizer? Do que vivem, como pagam contas, como se reproduzem? – perguntou Lair, debochado, a voz bem alterada. – E o *meu* sonho de ver meus filhos seguindo os meus passos? Não conta?

– Você realizou o sonho de ter seu próprio negócio, pai. Você sabe o que é isso – argumentou Dado. – A vida é uma só! A gente tá aqui pra ser feliz! Deixa ele!

– "Deixa ele" porque não é você que sustenta essa vida mansa do seu irmão, "deixa ele" porque você não tem um pingo de responsabilidade nessa cabeça de vento, que não presta pra nada! Nunca prestou! Você nunca vai ser brilhante em nada, Ricardo. Nunca!

Dado ficou ofegante. Não foi fácil ouvir do pai aquelas coisas.

O clima pesou, e um misto de raiva e tristeza tomou conta do coração do rapaz, que pulsava acelerado como o quê. Portas bateram, gargantas não foram poupadas, e Dado saiu voado de casa. Pegou o carro e partiu cantando pneus. Tinha quase 20 anos, estava entrando no quarto período da faculdade de Administração, e parou no primeiro pé-sujo que viu.

— Uma cerveja, por favor.

Bebeu uma, duas, três, e, não contente, resolveu experimentar uísque, a bebida preferida do pai. Até pinga ele tomou, como se o álcool ajudasse a tapar a ferida causada pela mágoa. Pobre Dado... saiu do bar para dar de cara com um poste que quase lhe tirou a vida. Quase.

— Tão moço, tanta vida pela frente... aleijado... paraplégico! – gritou Lair no hospital, na noite fatídica. — E por minha culpa!

— Não fala assim!! – rebateu Ruth. — O médico falou para esperar uns dias! Vamos pensar positivo, ele vai sair dessa! – completou, enxugando as lágrimas que não paravam de descer pelo seu rosto.

— Não vai, Ruth! Não vai! A gente tem que ser realista! O Dado teve uma fratura da coluna dorsal, você não ouviu?! Perdeu toda a sensibilidade dos membros inferiores! Nunca mais ele vai andar!

— Sei que a chance é pequena, mas eu prefiro me agarrar à esperança...

— Vai ser pior pra você, Ruth, abre os olhos, o nosso menino não vai...

— PARA, GENTE!! – gritou Paco, o caçula da família.

Era a primeira vez que saía de seu transe triste para interagir com os pais.

— Será que vocês não conseguem, pelo menos por um segundo, comemorar o fato de que meu irmão está vivo? VIVO!!!!! E que, andando ou não andando, a gente vai fazer o melhor por ele, vai fazer de tudo para que ele tenha uma vida digna e feliz?!

Ruth e Lair ficaram paralisados com a bronca. Paco estava enfurecido, logo ele, a calmaria em forma de gente. A raiva doída transformada em grito-que-faz-a-veia-da-testa-saltar caiu como uma bomba naquele quarto gelado de hospital.

Era verdade tudo o que ele tinha acabado de dizer. Dado estava vivo.

— E quando ele acordar, por favor, vamos ser legais com ele, não vamos ficar chorando na frente do cara, não vamos tratar meu irmão como se ele estivesse vegetando em cima de uma cama, condenado a passar o resto da vida sem poder interagir, sem poder viver. Eu conheço o Dado, ele vai ser mais feliz que todo mundo aqui!

Foi de cortar o coração. Ruth estava desolada. Chorava baixinho, assustada, em silêncio, enquanto ouvia o caçula desabafar e, por fim, se jogou nos braços dele para um abraço demorado, longo, forte, cheio de significados e palavras que não precisavam ser ditas. Lair se juntou a eles. Ao lado, Dado dormia em coma induzido.

Em casa, com os pais entregues ao sono dos remédios, Paco chorou, socou parede, gritou no travesseiro. Aquela situação era difícil até para ele, que via a vida por uma lente colorida, de artista otimista. Parte da ingenuidade tão presente nos olhos de Paco mesmo anos mais tarde se foi com o acidente de Dado, essa era a verdade.

É, Paco, essa aventura muito doida chamada vida nem sempre é como a gente gostaria que ela fosse, e isso é difícil de aceitar mesmo. Ainda mais com tão pouca idade. Pena não ter ninguém para dizer para você e para os seus pais que aquele dia triste ia acabar bem, muito

Pai em dobro

melhor do que qualquer um que viu Dado frágil em cima de uma cama de hospital poderia imaginar. A vida não deixaria de ser bacana com você e com a sua família. Jamais.

Dias depois, Dado acordou, o sofrimento sem tamanho uma hora acabou, os antidepressivos saíram de cena, o tempo passou e ele se tornou um paratleta dos mais respeitados e premiados. Em uma cadeira de rodas, que manejava com maestria, depois de ter passado por vários times, Dado Costa entrou para a seleção brasileira de basquete e foi ser feliz fazendo o que jamais imaginou fazer.

Paco bem que avisou (em algum parágrafo aí em cima) que o irmão seria mais feliz que todo mundo na família.

– Com a minha altura eu jamais conseguiria entrar em nenhum time de basquete. Na minha cadeira, eu sou o melhor. Olha que louca a vida! – disse ele, depois de ganhar sua primeira medalha. A primeira de muitas. – Eu vou dar muito orgulho pra vocês ainda. Muito!

E tome chororô na família. Ruth e Lair morriam de orgulho mesmo.

E o frigorífico? Que frigorífico? O pai babão botou um administrador para cuidar do negócio para poder viajar o mundo acompanhando os jogos do filho, o campeão da zorra toda, O cara. Mesmo separados, Ruth e Lair mantiveram a parceria, o companheirismo, o amor e a amizade.

Quando Dado sofreu o acidente, ela foi ajudar Lair a cuidar do filho e Paco ficou no Rio transformando dor e tristeza em inspiração. Resultado: o quadro que saiu da mente do garoto, que andava melancólica e sombria, acabou sendo sua primeira tela a ser vendida.

O tempo fortaleceu ainda mais o laço entre os irmãos, eles nunca deixaram de dividir tudo um com o outro: alegrias e frustrações. Com o passar dos meses, as cores voltaram para a obra de Paco, cada vez mais produtivo e requisitado. Quando ele fez 24 anos, sua tia e o marido dela, que era norte-americano, foram morar nos Estados Unidos, deixando-o na grande-porém-aconchegante casa de Santa Teresa, onde ele mora até hoje. A mesma casa onde, anos depois, uma certa hippie de alma linda bateria à porta.

O dia estava amanhecendo quando Vicenza resolveu fugir. Ela achou que ninguém teria acordado ainda, o que era uma doce ilusão. A galera da Universo Cósmico madrugava, e meia dúzia de pessoas já trabalhava na horta comunitária quando a menina pôs os pés para fora. Seu coração acelerou, ela pensou em recuar... Mas não. Era hora de conhecer seu pai, aquele tão desejado e idealizado durante tantos anos.

Ela respirou fundo, montou na sua *bike*, pediu aos deuses do solo abençoado em que vivia para que ela ficasse invisível e acelerou rumo à saída, torcendo para que ninguém a visse.

Depois de cruzar a longa estrada de terra que ligava a comunidade à rodovia, Vicenza quase perdeu o equilíbrio ao ver carros, ônibus e caminhões. Era tudo muito diferente do que estava acostumada.

Não demorou a encontrar a placa que dizia "Rodoviária". Seguiu o caminho indicado, destemida e esperançosa, pensando que se aquilo era uma insanidade, ela estava liberada, porque sua mãe garantiu que se fosse uma loucura guiada pelo coração, tudo bem. Ela se lembrava bem disso.

Ao chegar lá, Vicenza pegou um papel na mochila e escreveu *Vende-se bicicleta*. Ao ver que a passagem custava 314 reais, pediu 400 por ela, e conseguiu. Um senhor barbudo comprou e, com o dinheiro...

– Uma passagem pro Rio de Janeiro, por favor – pediu a jovem no guichê.

No ônibus, a menina não conseguiu dormir. Era muita ansiedade, muitas perguntas sem respostas, um destino para trilhar, um pai para conhecer. Como ele a receberia? Será que ele se parecia com ela? O jeito? A fisionomia? Os olhos? Será que ela finalmente, depois de conhecê-lo, conseguiria terminar seu autorretrato?

Para conter o tsunami de emoções dentro dela, Vicenza resolveu brincar de acender e apagar a luz de leitura que ficava sobre os assentos do veículo. Clic, clic, clic, clic, clic. O passageiro ao seu lado olhou para ela com cara de poucos amigos. A garota tentou disfarçar, com uma expressão meio sem jeito.

– Desculpa, é que eu tô ansiosa – explicou. – Tô indo conhecer meu pai. – disse, abrindo um sorriso largo.

– Nossa, que legal – reagiu o passageiro, parecendo empolgado.

Só parecendo mesmo. Logo em seguida, ele fechou a cara e botou uma máscara nos olhos para evitar a luz e virou para o lado para dormir.

Sem graça, Vicenza entendeu que estava incomodando e parou de mexer no interruptor. O dia estava lindo, com o sol a pino, e ela sabia que não conseguiria pegar no sono assim, fácil como seu vizinho de assento. Catou na mochila seu exemplar de *Felicidade clandestina*, livro de contos de Clarice Lispector, e começou a ler.

Momentos depois, adormeceu. Quando abriu os olhos, se deu conta, encantada, de que estava chegando ao Rio. Sentiu o peito esquentar quando respirou. Pegou a foto de Paco com Raion e olhou para ela por longos segundos. E fez um carinho delicado no rosto daquele que ela estava prestes a conhecer depois de tantos anos de espera: seu pai.

Prazer, eu posso ser sua filha

Ao chegar na rodoviária Novo Rio, Vicenza se assustou com o tanto de gente, movimento, luz branca, barulho, ônibus e gás carbônico à sua volta. "Aaaaaaaaah!", ela gritou internamente. O cenário não era conhecido e muito menos acolhedor. Pelo contrário, a garota se sentiu uma formiga nele, uma estranha no ninho. "O que é que eu estou fazendo aqui?", questionou-se, assustada. Eram quase onze da noite e seu coração acelerado não a deixava raciocinar direito. Bateu uma insegurança, um medo... era tudo tão novo e grande e...

– Por favor, como é que eu faço pra voltar pra casa? – perguntou ela ao motorista.

Sim. Ela fez isso.

– Ué, mas você mal chegou e já quer voltar?

Boa, motora!

– J-já... – Vicenza respondeu, sem muita convicção.

– Tem certeza?

– Não...

Vendo que o único caminho possível era enfrentar aquele mundo estranho e desconhecido, ela saiu andando a esmo pela rodoviária, decidida a abraçar seu destino. Depois de um tempo, achou por bem buscar um cantinho para botar a cabeça no lugar e pensar com calma nos próximos passos que deveria dar. Pensou tanto que o sono bateu e ela acordou com o barulho de moedas caindo em sua mochila. Limpou a babinha que escorria do canto da boca, e assim que outra pessoa passou e jogou dinheiro em sua mochila, Vicenza quis saber:

– Moça! Por que as pessoas estão dando dinheiro pra mim?

– Ué, você não tá pedindo?

– Não! – respondeu de bate-pronto. – Eu tava dormindo...

A tal moça a olhou com pena.

– Mas... você tá aqui sentada, com a mochila aberta, tá todo mundo achando que você tá precisando de grana.

– Olha, não é que eu não esteja, eu até tô, mas...

Nesse momento, ao ver nos olhos da tal moça que ela era uma pessoa do bem, Vicenza tomou fôlego, interrompeu sua fala e perguntou sem pensar duas vezes:

– A senhora sabe onde fica Santa Teresa?

– Claro que sei. E é no meu caminho. Você quer ir para lá?

– Quero! – respondeu de bate-pronto.

– Bora, te dou uma carona.

– Nem acredito! Obrigada!

Vicenza levantou num pulo, com aquele sorriso infantil que só ela sabia sorrir.

No caminho, no carro, ficou sabendo que a mulher era uma funcionária pública que voltava do Piauí, onde havia ido visitar a mãe. Ela falava pelos cotovelos. Contou a vida toda para Vicenza: que ouvia

Lupicínio para dormir, colecionava patos de borracha, tinha medo de escuro e de unhas grandes nos pés, sabia de cor diálogos de Friends e começava livros pelo fim. Enquanto Vicenza se deslumbrava com a paisagem que via pela janela, ela achava graça da sua carona conversativa. Nem notou o tempo passar. De repente, a mulher parou o carro e falou:

– Olha, se eu não estivesse com hora, eu te deixava onde você quer ir, mas é só subir essa escadaria que você tá em Santa Teresa.

– Tá ótimo. Muito obrigada!

– Chegando lá, pergunta. Você vai achar fácil, fácil.

– Vou sim! Gratiluz! – falou a menina.

– Boa sorte! – desejou a moça conversativa antes de partir.

Ao descer do carro, sozinha com seu sonho, Vicenza respirou fundo em frente à escadaria Selarón, um ponto turístico supervisitado do Rio, uma obra de arte a céu aberto, com degraus lindamente pintados por Jorge Selarón, um chileno que transformou em arte seu amor pela cidade. Lentamente, começou a subir os 215 degraus explodindo de ansiedade.

O passar das horas trouxe o calor do verão carioca. O suor escorria pela pele branquinha de Vicenza quando ela finalmente chegou ao topo da escada e deu de cara com o bairro de Santa Teresa. Exausta, suada e descabelada, resolveu caminhar na direção de uma pequena aglomeração de pessoas, todas com vinte e poucos anos.

No meio delas, ela ainda não sabia, mas estavam Cadu e Betina, irmãos que vão fazer toda a diferença na jornada da nossa protagonista, como você vai ver. Mas ela, claro, nem suspeitava àquela altura. Apenas achou divertido os dois vendendo, sobre pernas de pau, abadás de um bloco chamado "Ameba Desnuda". Sim, o próprio.

Foi a primeira vez que o preto dos olhos de Vicenza cruzou certeiro com o preto dos olhos de Cadu, o menino que trazia a doçura no semblante. O tempo parou para ele. O tempo parou para ela também, que ruborizou (e se espantou com isso), sorriu sem graça para ele e saiu correndo, como uma garotinha brincando de pique-pega.

Primeiro, a arte de Selarón dando-lhe as boas-vindas, depois um menino bonito olhando bonito para ela... agora só faltava um pai no meio do caminho. Seu pai.

Com a foto de Raion e Paco em mãos, Vicenza não hesitou em abordar as pessoas perguntando se conheciam o endereço da imagem desbotada. Andou um bocado até reconhecer a casa de portão enferrujado e muro com os dizeres "Ateliê do Paco", igualzinha à da foto que segurava agora apreensiva, com os dedos suados de tensão e nervosismo.

Ao ver a fachada como a da foto, ela gelou. Tinha chegado ao destino que procurava havia 18 anos. Respirou fundo e tocou a campainha. Conseguia escutar as próprias batidas do coração, e sua cabeça toda parecia bater com ele no mesmo ritmo. Para desacelerar, fez a respiração que aprendeu na ioga, inspirando lentamente, em cinco tempos, e expirando em 10. Repetiu mais uma vez. Mais duas. Ok, hora de tocar de novo. Blim-blom!

Nada.

A jovem, já cabisbaixa e com uma lagriminha nascendo no canto do olho direito, decidiu ir embora. Porém, de repente, uma loira descalça vestindo uma camisa masculina abriu o portão, e, sem fazer nenhuma questão de ser simpática, perguntou:

— O que é que você quer a essa hora da manhã?

— S-são duas e quinze. E... eu queria falar com o Paco — respondeu Vicenza, meio sem jeito.

— É sobre aula?

"Aula?", repetiu a garota mentalmente. "Gratiluz, vida, gratiluz, universo, gratiluz, gnomos do cerrado, gratiluz, duendes moçambicanos!"

— Isso! Sobre aula! Aula! — exclamou, sem esconder a empolgação.

— Entra — disse a mulher.

Vicenza voou num abraçaço para cima da loira, pois sempre foi da turma que demonstra afeição. Mas a mulher parecia que não era, já que se espantou com tamanha euforia.

— Opa! Afetiva, né? — falou, enquanto era surpreendida por um muito empolgado abraço.

"Eu vou conhecer meu pai! Eu vou conhecer meu pai! Eu vou conhecer meu paaaaai!", berrava a menina de dez anos de idade que morava no cérebro de Vicenza enquanto ela subia a escada. Eram tantos sentimentos juntos, tantas emoções, que ela não conseguia sequer identificá-los.

Mas eu consigo e estou aqui para isso. Era felicidade misturada com apreensão, curiosidade com medo, vontade com insegurança, céu com inferno. E se ele não gostasse dela? E se ela não gostasse dele? E se ele não fosse nada do que ela esperava? Mas o que mesmo ela esperava?

Nem ela sabia.

Ao pisar no misto de casa com ateliê, Vicenza sentiu uma energia diferente, como se uma onda imaginária tivesse passado sob seus pés e a deixado mareada. Os olhos pesaram, ela não sabia se de cansaço, ansiedade ou excesso de amor acumulado. Tintas, aquarelas e telas espalhadas em uma bagunça em que ela, organizadinha que era, com seu ascendente em Virgem, jamais conseguiria trabalhar.

Era tudo uma zona. Telas intermináveis se misturavam com sofás, mesa de jantar, roupas jogadas pelo chão, meias despareadas, camiseta do Botafogo enquadrada, bola de futebol autografada... sobre a mesa, quatro garrafas vazias de vinho, umas doze cervejas long-neck e várias caixas de delivery de comida chinesa meio vazias, meio cheias.

– Pacoooo! – gritou a loira ressacada. – Pacooooo!

Mas nada de Paco nenhum aparecer. Opa! Coração e cérebro pareciam bater na mesma frequência de novo. Vicenza estava uma pilha de nervos, mas a loira não percebeu. O que ela via era apenas uma jovem que parecia ter vindo a pé de Woodstock.

Então, uma porta roxa-caminhando-para-o-lilás se abriu lentamente e um homem de seus 50 anos, bebendo no gargalo de uma garrafona d'água, com olhos inchados e a cara amassadamente mal-humorada, apareceu de bermuda larguinha, xadrez, e camiseta rosa furada.

– Que é que cê quer tão cedo, Josie? – rosnou o homem, visivelmente irritado.

– É Jade, Paco.

– Isso, foi o que eu disse. Desculpa, eu não funciono de manhã, Josie.

– É Jad... Deixa pra lá. Ó, essa menina quer falar com você.

E então deu-se a mágica. O encanto pelo qual Vicenza esperava havia 18 anos. Ela finalmente descobria como era seu pai.

P-A-I. Pessoa que Ama Incondicionalmente, ela pensou na hora.

A respiração de Vicenza estava forte. Paco olhou demoradamente para ela. Coçou a cabeça, que começava a ficar grisalha, a barba por fazer, que lhe conferia o charme irresistível dos artistas, e pigarreou soltando uma leve tosse catarrenta nada sedutora.

Os olhos de Vicenza brilharam com aquela visão meio surreal, meio totalmente real. Por mais que ela tentasse disfarçar, era mais forte que ela. Aquele cara era seu pai! Seu pai, poxa!

– E aí? Beleza? – disse Paco, tratando-a de uma maneira totalmente normal. Claro, ele não sabia ainda quem era ela, vai.

A voz dele pareceu música para os ouvidos de Vicenza, rouquinha, suave, doce.

– Oi, Paco! – Vicenza respondeu, sorrindo com os olhos e engolindo em seco – Eu... Eu vim... falar de aula com você.

– Sábado? – perguntou ele, quase irônico, quase pau da vida.

A doçura e a suavidade da voz dele só existiam na cabeça de Vicenza. Pronto, falei.

– É que eu acabei de chegar no Rio e... eu vim de longe pra te conhecer – ela reagiu, desolada.

Paco soltou um suspiro alto, que Vicenza não soube bem decifrar. Mas eu sei. Foi suspiro de enfado. Saco cheio, sabe? Sabe sim.

– Ah, cara, volta na segun...

57

— Paco, só um minutinho, dá um pulinho aqui – pediu Jade/Josie, puxando o artista para um canto da cozinha. – Ele já volta, tá? Fica aí olhando as coisas – ela falou para a menina.

Obediente (e impaciente), ele foi ouvir o que tinha a dizer a querida estranha que tinha amanhecido na sua casa.

— Desculpa me meter, mas... você não pinta há um tempão, e são as aulas que estão te ajudando a pagar as contas enquanto a sua inspiração não volta, né?

— Como é que você sabe? – ele perguntou, indignado.

— Porque cê me contou ontem, ué. Não lembra?

Claro que ele não lembrava.

— Claro que eu lembro!

Desconcertado, Paco pigarreou, coçando mais uma vez a nuca grisalha, e caminhou novamente na direção de Vicenza.

— Cê veio de longe, é? De longe quanto? – perguntou ele, tentando aparentar paciência pelo fato de ter sido acordado por uma menina de roupa esquisita.

— Dez horas de ônibus – ela respondeu, agora mais animadinha.

— Olha só... Tá. Dá só um tempinho pra eu jogar uma água no rosto, tá?

— Tá! – reagiu Vicenza, com os olhos acesos de felicidade.

"Meu pai é bacana, só está com sono, poxa!", comemorou por dentro.

Quando ele já ia saindo para voltar para o quarto, a jovem gritou. É, ela gritou. Nervosismo tem dessas coisas.

– VICENZA!!! – ela falou com mil exclamações e um sorriso de quem ganhou na loteria. – Junção de Vicente com Zana, meus avós maternos.

Paco a olhou achando tudo muito estranho: o grito, a visita, o nome.

– Tá – respondeu ele, com o desinteresse estampado no semblante.

"Ah, ele tá sonolento, né? Não vai ficar puxando assunto sobre meu nome", confabulou a garota consigo mesma.

O que ela não sabia é que, na verdade, ele não estava NEM AÍ para como ela se chamava. Resumindo, Paco cagou para a informação.

– Arrã. Já volto. – E entrou no quarto batendo a porta, agora sem tentar disfarçar sua irritação.

A jovem ficou sem ação com a atitude do homem. Entendeu que ele não estava fazendo a menor questão de ser cordial, pois não tinha dado nem sequer um sorriso de olhos. E ela nunca entendeu gente que não sorri. Não sabia dizer se tinha ou não gostado dele, se queria ou não conhecê-lo melhor. Ela queria sim, claro que queria. "Mas que cara mal-humorado", pensou.

O artista não demorou a voltar, mas a cara lavada e os dentes escovados não mudaram em nada seus olhos de ressaca.

– E aí? Me fala, por que você tá querendo fazer aula comigo? – perguntou Paco, agora com uma bermuda jeans bem surrada e a mesma camiseta furada.

– Por quê?! Porque... p-porque...

"Pensa, Vicenza, pensa!", ela deu bronca em si mesma. E logo uma lâmpada se acendeu sobre seus pensamentos. Ela tinha achado a resposta per-fei-ta.

– Porque eu quero terminar meu autorretrato e não consigo. Acho que tô com bloqueio criativo.

Palmas para nossa heroína que, mesmo nervosa e angustiada, foi rápida como deveria ser naquela situação tão esquisita quanto constrangedora.

– Bem-vinda ao clube. Faz cinco anos que eu não pinto.

– Sério?! – rebateu ela, assustada.

– Sério. Qual o problema?

– N-nenhum... É que...

– Todo artista passa por isso em algum momento. Normal – explicou ele, irritado.

Vicenza não gostou do tom de sua fala. Aquilo caiu mal. E a rispidez não parou por aí.

– E olha só... eu vou ser supersincero com você: eu não tenho a menor paciência pra dar aula, então só pego aluno que eu acho que vale a pena, tá? Deixa eu ver suas coisas.

– Eu não trouxe nada comigo, mas eu... eu posso desenhar pra você. – Vicenza anunciou, já pegando seu caderno e seu lápis.

– Não, não precisa! – reagiu Paco, impaciente.

Ela ignorou o artista e logo começou a desenhar o rosto dele.

– Sério, não precisa, deixa eu ver suas cois... você não troux...

E foi aí que Paco se deixou levar pelo talento da menina. Com rapidez surpreendente, ela fez um desenho bom, muito bom! E ele ficou hipnotizado, observando ela rabiscar o papel.

– Sou eu? – perguntou ele, pela primeira vez com um quarto de sorriso no rosto.

– Arrã – ela respondeu, também hipnotizada, sem parar de desenhar.

– Tá ótimo! – elogiou Paco, nitidamente impressionado.

O coração da garota ficou quentinho, se sentindo abraçado, e ela sorriu orgulhosa.

– Tá aprovada! A gente começa segunda. Agora vou te levar na porta – falou ele, já pegando a mochila de Vicenza e entregando para ela, para acelerar a saída da menina de sua casa.

– Paco, espera – pediu ela. – Eu queria te falar uma coisa...

– Fala.

– Eu... eu sou filha da Raion.

E então a garota do cabelo rosinha nas pontas viu os olhos do artista viajarem para o passado. Era doce a memória que ele tinha de sua mãe, estava nítido. A imagem de Paco viajando para dezoito anos antes também aqueceu o coração da menina, vale dizer.

– Da Raion? Nossa... A Raion...

O susto com a informação não foi de pavor, mas de ternura, de saudosismo. Ela podia jurar que por dois segundos viu os olhos do artista faiscarem. "Que bom sinal!", comemorou por dentro.

Então, ela achou que era hora de mostrar a foto que tinha levado para ele. Ao ver a imagem, dessa vez Paco sorriu um sorriso inteiro. Por alguns intermináveis segundos, ele observou a foto, deixando Vicenza irremediavelmente esperançosa, feliz com o interesse dele.

– Você se lembra desse Carnaval? – ela perguntou, com nítido brilho nos olhos.

– Lembro, claro que lembro – respondeu ele, agora totalmente desarmado.

Foi a vez de Vicenza sorrir com o rosto todo.

Mas alegria de menina-de-18-anos-que-procura-o-pai-em-Santa-
-Teresa parece que dura pouco...

– Cara, tô impressionado. Eu tô, sei lá, uns 20 anos mais velho que nessa foto, mas tô bem, cara! Tô muito bem! – exclamou ele, todo orgulhoso.

Fuéééénnn.

É, foi isso que o pavão, digo, o Paco, disse. Como reagir a um comentário infeliz desse, gente?

– Hum... – fez Vicenza, sem esconder a decepção com o artista. – Você tinha quantos anos nessa época?

– Aí? Uns trinta, eu acho.

– E hoje você tem 48?

– Isso – ele respondeu, sem tirar os olhos da foto, parecendo mesmerizado pela própria imagem. – Por quê? Tô aparentando 48? Não, né? As pessoas me dão 40!

Vicenza não acreditou no que escutava. Ela queria *desouvir* o que estava ouvindo, sério mesmo, mas Paco não parava de falar.

– Deve ser a barba. Se eu tirar, pareço mais novo, com certeza. É que mulher gosta de barba, cara, impressionante – ele falou para ele mesmo. – Quarenta pode ser exagero, vai, mas uns 42, 43, no máximo, é o que me dão.

É... as pessoas crescem e ficam esquisitas em alguns departamentos, é assim mesmo. Mas isso não faz dele uma pessoa rasa, fútil e ruim, eu juro! Sabendo disso lá no fundo do seu sexto sentido, Vicenza respirou profundamente antes de responder, indignada e seca:

– As pessoas mentem, Paco – disse, tirando rispidamente a foto da mão dele.

Sem graça, ele tentou mudar de assunto.

– E a Raion, como é que ela tá?

– Tá bem – Vicenza respondeu, mantendo a secura da voz e tentando com força não pegar ranço daquele homem que tinha acabado de conhecer.

– Ela ainda tá lá naquela comunidade namastê?

"Namastê? Que cara idiota", ela pensou.

– Na Universo Cósmico? Tá.

Era a vez de Vicenza não esconder a irritação e a preguiça para aquele ego gigante e narcísico à sua frente.

– Legal – reagiu Paco.

– É...

– Bacana.

– Arrã...

Xiiiii... Tinha um elefante branco no ateliê.

"Droga, meu coração acelerou de novo!", ela percebeu. E com medo de que o artista ouvisse seu nervosismo, falou em uma respirada só:

– Eu posso ser sua filha.

O pseudo sorriso cordial de Paco se desfez na hora e ele meio que parou de piscar.

Eita. Digo, eiiiitaaaaaaa...

Paco fez crec no pescoço e estalou os dedos das mãos. O olhar? Perdeu-se em algum lugar, em outra dimensão. Vicenza tentou chamar a atenção dele.

– Paco?! Tá tudo bem?

– Shhhhh! – fez ele.

Vicenza se calou, sentida, e a situação ficou ainda mais embaraçosa quando Jade (ou seria Josie?) reapareceu, agora com uma roupa que parecia ser dela, o cabelo penteado e a cara menos derrubada.

– Cansei de esperar, Paco, vou nessa – disse Josie/Jade, Jade/Josie, dando um beijinho no artista que, anestesiado, mal reagiu.

Vicenza retomou o fôlego e a conversa assim que a moça saiu. E foi dura!

– Você vai ficar assim por muito tempo? Só pra saber se eu sento, se eu pego um livro, uma água...

– Não pod... N-n... Não pode ser... – ele exclamou, confuso – A Raion nunca me falou nad... E-eu posso falar com ela?

– Não, ela tá na Índia. Incomunicável.

– Entendi... – respondeu o homem, que parecia estar prestes a congelar novamente.

E foi exatamente o que aconteceu.

"Droga! Virou estátua. Que doidoooo!", Vicenza concluiu, antes de estalar os dedos diante dos olhos de Paco, tentando tirá-lo daquele aparente transe.

Deu certo. Ele piscou, assustado.

– Ei, tá tudo bem? Cê quer uma água? – perguntou a hippie mais fofa do mundo.

– Não sei. Eu... Eu preciso sentar no chão e morder uma almofada – respondeu ele, com a cara mais normal do mundo.

Ao observar, incrédula, aquele adulto virar uma criança enquanto sentava sério e pensativo no chão da sala, Vicenza se questionou pela primeira vez se tinha tomado a atitude certa ao seguir seu coração e ir atrás de seu pai.

– Me dá uma almofada – pediu ele, agora ofegante.

Atônita, ela não conseguiu se mexer diante daquele pedido.

– Almofada! – insistiu o artista, agora falando dez tons mais alto.

Meio amedrontada, a pobre da garota pegou uma almofada que estava sobre o sofá e jogou para ele, que apanhou a peça e a mordeu com força, muita força mesmo, soltando uns grunhidos estranhos, de olhos fechados, em uma cena muito, muito louca. Chocada, Vicenza assistiu ao surto. Onde ela tinha se metido?

– Vou sair – Paco anunciou, levantando-se de repente, e bem agitado.

– Vai pra onde? – ela quis saber.

– Não sei – ele respondeu, enquanto andava em direção à porta.

– Posso ir com você?

Ele nem ouviu, e apenas perguntou:

– Você sabe o nome do lugar em que a Raion tá?

Vicenza fez que não com a cabeça.

– Meu Deus – ele suspirou, suando mais que tampa de marmita. – E você? Tá hospedada onde?

– Em lugar nenhum. Cheguei e vim direto pra cá.

— Gente, só piora! — ele falou, coçando a nuca — Vem, vou te levar pra um albergue aqui perto.

Vicenza estava visivelmente decepcionada (ah, que sentimento horrível a decepção!). No fundo, no fundo, bem no fundinho do coração, ela esperava ser aconchegada por um colo paterno, e receber um convite para ficar lá com ele no ateliê. Ao ser puxada pelo braço por um muito afobado Paco, Vicenza freou.

— Paco! Calma! — gritou a menina. — Eu só queria te conhecer. Só isso! — explicou.

Ele ouviu, meio que anestesiado, e fez que sim com a cabeça seguidamente.

— Prazer — disse ele, depois de uma brevíssima pausa na agitação que tinha tomado conta de seu corpo — Agora *vamo*?

— Para, Paco. Respira.

O artista obedeceu, e tentou de verdade puxar o ar, mas estava difícil respirar naquele momento.

— Tá. *Vamo!* — ele emendou, meio sem pensar, enquanto puxava a menina para a rua.

A sede do bloco

Paco e Vicenza caminharam um pouco, e em silêncio profundo, coisa de duas ladeirinhas, uma para cima e outra para baixo. Em menos de dez minutos, chegaram a uma charmosa casa, que ela veio a saber que era a sede do bloco de Carnaval "Ameba Desnuda".

Era uma construção antiga, um tanto mal conservada, mas muito bonita. Lá dentro, havia uma infinidade de instrumentos musicais, tecidos, cores e bonecos carnavalescos. Do lado de fora, vários alunos de circo treinando malabares, tecido, soltando bolas de sabão gigantes, e alguns tocando instrumentos de percussão.

Paco, visivelmente acelerado, e claramente doido para se livrar de Vicenza, entrou sem bater em uma sala onde estava um senhor de uns 70 anos, e já foi cumprimentando:

– E aí Arthur quanto tempo beleza tudo em cima como é que tá? – disparou o artista, assim mesmo, sem pontuação nem pausa.

O coroa barbudo com pinta de boa praça ia dizer que sim, tudo beleza, tudo em cima, mas não conseguiu. Paco não deixou, seguiu falando:

– Essa aqui é a... a...

— Vicenza — a garota completou, sem esconder a tristeza.

— Vicenza. Isso. Vicenza. Vicenza, Arthur, Arthur, Vicenza — ele repetiu. — É... Ela não tem onde ficar, tá precisando de um quarto. Cê pode ajudar a gente nessa, depois acerto com você?

— Claro, Paco, você é de casa! — respondeu o barbudo, já estendendo a mão, todo simpático.

Paco nem ouviu.

— Me dá seu celular — o artista pediu para a garota.

— Eu não trouxe.

— VOCÊ NÃO TROUXE SEU CELULAR?! — indagou ele, muitíssimo indignado.

— Não — ela respondeu, como se fosse normal uma garota de 18 anos andar sem o aparelho. — Eu quase não uso, nem lembrei de trazer.

— Não usa celular, não trouxe celular, tá sem celular. Olha aí, só piora — reagiu Paco.

Desconcertada com a atitude do pai, Vicenza teve um momento de quase-choro, mas segurou.

Paco, por sua vez, suava frio. Passou a mão no rosto, na nuca, e no rosto de novo. "Quem é que tem 18 anos e deixa o celular em casa, a quilômetros de distância, meu Deus do céu?", ele não parava de se questionar. Respirou fundo e seguiu ligado no 220V.

— Tá, então qualquer coisa o Arthur tem meu telefone. Né?

— É... — respondeu Arthur, atônito com a postura do amigo.

— Ótimo. Então é isso.

— Caramba, Paco, dá pra se acalmar agora e tomar um café? Ou quer uma cervejinha?

– Não quero nada, não, Arthurzão, tenho que ir, tchau – ele disse já voando para a porta, e ainda atordoado, como se tivesse resolvido um problema complicado.

É... as coisas não começaram bem para Vicenza. Sua viagem guiada pelo coração tinha dado um banho de água fria nela. Percebendo o desolamento da garota, Arthur quebrou o breve silêncio constrangido que Paco havia deixado entre eles com seu sorriso convidativo.

– Vem, vou te mostrar seu quarto.

E foi andando, seguido pela jovem.

A bagunça

Já acomodada no quarto em que ficaria hospedada, Vicenza se permitiu chorar. Pegou a foto da mãe com Paco e ficou perguntando: "Por quê? Por que você é assim, pai?". Ela sabia que era uma menina bacana, e todo mundo sabia! Menos Paco, que nem sequer deu uma chance a ela de mostrar toda sua bacanice a ele. Ela não se lembrava de ter estado mais triste que naquele dia.

"Puxa, mãe... queria tanto seu colo agora...", falou para a Raion da foto. "Eu nunca achei que ia ser desse jeito. Nunca!", desabafou. "Ele me odiou!", disse, chorando mais ainda. "Que difícil lidar com a rejeição. Que difícil... Queria tanto que você estivesse aqui para me dizer o que fazer, como agir...", suspirou, antes de enxugar as lágrimas e entrar no banho frio. "Água quente que sai do olho a gente cura com água fria que cai na cabeça", Raion sempre dizia. Então tá, né?

E, debaixo do chuveiro, Vicenza tomou uma decisão.

No dia seguinte, ela acordou cedo, tomou um banho – dessa vez bem quentinho –, se perfumou com patchouli e foi a uma feirinha orgânica que ficou sabendo que acontecia naquele dia a duas ruas dali. De feira, ou melhor, de hortaliças, ela entendia. Na Universo Cósmico, todos os dias ela tinha à mão tudo que vinha da terra, e era o melhor dos orgânicos de verdade.

Chegando na feirinha da rua, comprou folhas, frutas e ervas variadas, além de ovos e legumes. E partiu para a casa de Paco.

– Já é segunda? – ele falou assim que apareceu na porta para atender, de camiseta furada, parecendo ainda estar de ressaca, bebendo do gargalo da mesma garrafona d'água do dia anterior.

– Não – respondeu Vicenza, com um sorriso.

Do alto de seus 18 anos, ela já tinha entendido o poder de um sorriso franco, e tinha verdadeiramente o dom de fazer sorrir. Mas não deu certo com Paco, não. Ele se manteve impávido diante dela.

– Vim só ver se você não quer que eu prepare seu café da manhã. Aí a gente aproveita para se conhecer melhor – concluiu, doce como sempre.

Aquela carinha, aquele texto... Como é que alguém diz não para aquilo? Não diz, né? Mesmo o mais mal-humorado dos artistas plásticos.

– Entra, vai – disse ele, ainda meio dormindo, concordando mais por educação do que por qualquer outra coisa.

Agora o sorriso que Vicenza abriu era do tipo gigante, e cada poro do seu rosto riu com sua boca. Ela voou para cima de Paco para um abraço, que levou um susto e seguiu com a cara amarrada.

Ao entrarem, ele foi direto se deitar no sofá perto da janela, enquanto Vicenza foi preparar o café da manhã. Com amor, delicadeza e rapidez, ela fez um suco verde pra lá de cheiroso. Pepino, maçã, manjericão, agrião, couve, limão e gengibre.

– Hummm – ela fez, enquanto preparava.

Terminou e levou para Paco, que, antes de experimentar, a contragosto, diga-se bem, alertou:

– Odeio tudo que é verde, aviso logo.

Como é gentil esse Paco, né?

– Porque não provou nada verde feito por mim – devolveu ela, sem perder a ternura jamais. – Toma, cê vai gostar.

Ele deu um gole como se fosse criança experimentando xarope ruim.

– AAAARRRGGG!!! Cê quer me matar?! Que coisa horrível! – exclamou ele, "fofooooo!", cuspindo a bebida como um garoto mimado.

– Você devia tomar, sabia? – retrucou Vicenza, a sábia. – Esse suco aumenta a vitalidade, reforça as defesas do organismo, elimina as toxinas, é bom pra dor de estômago, dor de cabeça, dor de fígado, estresse, tem ação antioxidan...

– Se eu beber você fica quietinha? – ele interrompeu a menina.

– Quietinha – ela rebateu na mesma hora.

Paco bebeu tudo num gole só, como se fosse um remédio amargo, e fez Vicenza concluir que seu pai era um garoto, um bebezão, que só tinha tamanho.

Enquanto tentava beber o que ele secretamente apelidou de "bosta verde", Paco olhou, intrigado, bem no fundo dos olhos da jovem. Ele tinha uma espécie de repulsa e ao mesmo tempo curiosidade em relação a ela. De certa forma, ela o fascinava, embora o artista fosse zero *fascinável*. Ao longo dos anos, verdade seja dita, ele tinha se tornado uma pessoa mais fria, menos afetuosa e mais prática e pragmática que o Paco da adolescência. Mais jovem, ele via a vida com olhos românticos, mas agora não. Para ele, a vida não tinha nem um traço de lirismo.

De repente, ele se lembrou de algo importante. Levantou-se, apanhou alguma coisa e entregou para ela.

– Olha, antes que eu me esqueça, toma aqui. É meu celular antigo. Fica com ele pra gente poder se comunicar, tá?

Encantada com o que julgou ser um gesto generoso, e com o fato de ele querer se comunicar com ela, Vicenza estendeu a mão para pegar o aparelho.

– Sabe mexer? – ele quis saber.

Vicenza nem respondeu, mexendo com destreza no celular.

– Claro que sei! Nossa, o meu é muito antigo, mas este aqui é maravilhoso, adorei! – disse, sem tirar os olhos da tela.

– Pra ligar pra mim é só tecl... – disse ele, deitando-se no sofá novamente.

Vicenza nem escutou. Sua atenção estava todinha no celular. Paco riu, aparentemente baixando a guarda. Aquela menina tinha um não-sei-o-quê que ele não entendia direito o que era, mas também não sabia se queria entender. Porém, ela tinha algo de magnético, isso era inegável.

Com sono e dor de cabeça, uma dupla que sempre dava as caras depois de uma noite regada a muito álcool, pouca água e pouca comida, Paco soltava uns gemidos engraçados enquanto colocava na testa a garrafona d'água que era quase uma extensão de seu corpo. Precisava amenizar o desconforto ressacal. Vicenza, a sábia, olhou aquilo e compreendeu tudo.

— Entendi. Você quer dormir mais e quer que eu vá embora.

— Isso! Cê faz isso? – respondeu Paco, já se levantando. – A gente se fala mais tarde.

Paco disse tchau e foi para o quarto. Vicenza caminhava rumo à porta com os olhos grudados na tela do celular quando tropeçou em um tênis. Do calçado, ela ergueu os olhos e viu que a bagunça do dia anterior (que já era ultrajante para uma menina organizada como ela) parecia ter aumentado e... não resistiu.

Vagarosamente, ela se aproximou dos quadros do pai e de outros artistas, como René Machado, Rita Wainer, Beatriz Milhazes, Jeane Terra, Ernesto Neto, Adriana Varejão, Tomie Ohtake, Fernando de la Roque e Keli Freitas, que assinava uma obra, da sua série Carimbaria, estampando a seguinte frase: *Não quero falar das saudades porque elas se assanham*. "Ah, que verdade linda!", pensou a garota, cujo buraco no peito era, resumidamente, uma saudade imensa. Ou seja, Vicenza tinha muita intimidade com esse assunto.

Como uma formiguinha em dia de trabalho árduo, Vicenza começou a organizar as telas, a desentortá-las, a arrumá-las. Dos quadros, ela passou para os pincéis, e organizou todos em um só potinho; depois os cavaletes, os prêmios, os troféus de peladas, coisas do Botafogo; arrumou também os livros na estante, pegou as meias e roupas do chão e botou para lavar, lavou a louça, varreu o chão, passou pano úmido na cozinha, guardou copos, arrumou os sapatos e chinelos espalhados pela sala e deixou todos lado a lado; jogou os restos do delivery de anteontem no lixo... e perto do sofá, achou uma foto de Dado ganhando sua primeira medalha com um orgulhoso Paco ao lado. No registro, a frase "Meu Irmão Fodão". Vicenza sorriu. Além de um pai, ela tinha um tio... "Que legal!", comemorou.

Em uma hora e meia, a casa de Paco estava outra: arrumada, impecável, limpa, nível capa de revista de decoração. Exausta, porém orgulhosa, Vicenza suspirou ao olhar para a arrumação que tinha feito. Agora, ela acreditava, o ateliê do pai estava do jeitinho que ele merecia.

A porta da suíte de Paco se abriu e ele saiu de lá lentamente, coçando o rosto, acordando aos poucos, se espreguiçando e bocejando. Ao perceber o estado da casa, com as coisas todas arrumadas, varridas e até cheirosas, ele mudou o semblante. O sono saiu e entrou uma expressão diferente no seu rosto. Ele olhou tudo detalhadamente em silêncio. Vicenza estava ansiosa pela reação do pai à surpresa que fez com tanto carinho. Sorrindo com o rosto inteiro para aquele cara de quem ela já gostava tanto, a jovem se gabou, toda felizinha.

— De nada!

Um breve momento de suspense se fez antes da voz grossa de Paco cortar a sala com uma rispidez inimaginável para Vicenza, que só via doçura nos olhos do artista.

— De nada? De nada o quê?! — perguntou o homem, emburrado, enraivecido, e muito, muito incomodado. — Cê não ia embora?!

— Mas Pac...

— Quem disse que você podia mexer nas minhas coisas?!! — indagou, furioso, pegando o baldinho que ela levou tanto tempo arrumando com os pincéis, classificando por cores, tipos e tamanhos, e jogando tudo no chão, com uma raiva quase assustadora.

Vicenza ficou muito mal. Desconcertada é a palavra. Não era essa a reação que ela esperava, claro que não.

– Desculpa, eu...

– O que é que você fez com a minha casa, cara? – gritou ele.

– N-nossa, Paco, desculpa, eu só queria ajudar! – respondeu a garota, constrangida, triste e intimidada.

– E EU PEDI A SUA AJUDA, POR ACASO? – gritou ele, mais alto ainda, abrindo e bagunçando uma gaveta toda arrumada e jogando as coisas com força no chão.

Foi difícil para Vicenza prender o choro. Do jeito que ele falava, era como se ela fosse uma criminosa, mas Paco fez mesmo parecer que a menina tinha cometido um crime.

– N-não... Mas... eu achei que aquela bagunça que tava bloqueando a sua inspiração. – Vicenza argumentou, arrasada, com a testa franzida – Agora a energia vai circular e a sua criatividade vai voltar, cê vai ver.

Paco não se comoveu nem por meio segundo.

– Ah, é? Eu vou te mostrar como é que eu faço a criatividade voltar – rosnou ele. – Vaza!

Vaza. Sim, ele disse vaza, e foi com a maior carga de raiva que você pode imaginar.

– O quê? – perguntou Vicenza, a alma no chão.

– Vaza! Não quero mais olhar pra sua cara, não! Vaza! VAZA!

Cabisbaixa e encolhida, Vicenza pegou suas coisas e caminhou rumo à saída. Quando passou por Paco, suplicou desculpas com os olhos, mas ele não hesitou em virar rudemente a cara para ela, a menina que viajou horas para conhecê-lo porque podia ser sua filha. Quando ela estava quase na porta, sentiu mais uma facada.

– E ó! Aulas suspensas! – gritou ele, enquanto pisava duro em direção ao quarto, onde entrou batendo a porta. O barulho foi o gatilho para que Vicenza finalmente botasse aquele choro sofrido para fora. A mágoa foi grande e inesperada. Ela sabia que não merecia ser tratada assim, nem por Paco, nem por ninguém. Com o coração partido, saiu de lá se sentindo pequenininha – em tamanho e em idade.

Boquinha de almofada

Vicenza andou vagarosamente pelo bairro com a desolação pesando em seus ombros, e nem o visual bonito e já carnavalesco de Santa Teresa tirou a tristeza dos seus olhos. Ela estava cinza e pesada por dentro, como os paralelepípedos das ruas por onde pisava. Jururu de dar dó, a garota chegou à sede do "Ameba Desnuda" com a decepção pintada no rosto e, mesmo assim, chamou a atenção de Cadu, aquele jovem que tinha seus no máximo 20 anos e olhos muito, muito brilhantes.

A garota o viu e achou que o conhecia de algum lugar. Na mesma hora, seus pensamentos tristes deram lugar à lembrança de quando chegou ao Rio e o avistou se equilibrando sobre pernas de pau, divulgando o bloco com outros que ali estavam. Cruzar seu olhar com o dele fez Vicenza sair daquela *bad vibe* que se chamava Paco e entrar em outro lugar, muito mais confortável e acolhedor.

Cadu estava tocando um tecladinho eletrônico com um laptop do lado, mostrando para um grupo de pessoas a música que estava compondo para a grande volta do "Ameba Desnuda". Era um som eletrônico, uma espécie de maracatu atômico, um ziriguidum *alokiano*, um samba que não era samba mas era (ah, você entendeu!). Agora sorrindo com os olhos e gostando da melodia, Vicenza caminhou em direção ao garoto que, nervoso, se enrolou com as notas. "Que menina bonita!", era só o que ele pensava.

– Você não tava aqui ontem, né? – perguntou Vicenza.

– Não. E você deve ser a nova hóspede – respondeu ele, quase gago diante da luz mais forte que já tinha visto em um ser humano. – Essa já é sua fantasia do Carnaval?

– Essa...? Não!!!!!! – ela respondeu, bem chocada com o comentário.

– Ah, desculpa, eu só... eu não, eu não interajo muito bem com gente do sexo oposto, ainda mais gente bonita assim. Bonita não... não quis dizer isso, longe de mim, esquece bonita! – Respira, Cadu, respira! – Não, pera, não que você não seja bonita! Só que eu acabei de te conhecer e nada a ver falar isso!

Por quê? Mulheres adoram elogios, não existe momento ruim para dizer a uma mulher que ela é bonita, mantendo sempre o respeito, tá? Fica a dica.

Vicenza achou graça do jeito atrapalhado do menino.

– Prazer, Vicenza – disse ela, estendendo a mão para cumprimentá-lo.

– Desculpa, eu sou Cadu, neto do Arthur. O Arthur é meu avô. Claro, né, se eu sou neto dele...

Agora ela riu da gagueira nervosa dele.

– Tá tudo bem? Tá precisando de alguma coisa?

Antes mesmo que Vicenza respondesse, apareceu Nando, um rapaz boa pinta, com olhinhos de sono, que se aproximou dos dois com sua fala marrenta-porém-fofa e uma tuba. Sim, uma tuba, você já vai entender.

– Fala, Cadu, beleza?! Cara, é tuba meu instrumento pro bloco, *véi*! Tu-ba. Ouve isso!

E tocou. Ou tentou tocar, se é que se pode chamar aquilo de tocar.

– Nando, eu tô aqui conversan... – Cadu tentou parar o barulho ensurdecedor.

Nando ignorou e seguiu tocando, completamente sem ritmo. Com o corpo em movimento, incitou Vicenza e Cadu a fazerem o mesmo. Em um misto de pena com "melhor-dançar-para-acabar-logo", os dois começaram, tímida e solidariamente, a se mexer com a... *música*. Orgulhoso, o... *artista*, certo de seu imenso talento, sorria com os olhos enquanto tocava. A... hummm... *música* acabou e o silêncio (nunca foi tão gostoso senti-lo) tomou conta da casa novamente.

– E aí? Curtiu? – Nando perguntou, ansioso pelo parecer de Cadu.

– C-cara... Por que você não escolhe um instrumento mais simples?

– Pô, *véi*, por quê? Tu não gostou? – Nando rebateu, claramente decepcionado.

– Gostei! Gostei! – Cadu respondeu por educação, tentando disfarçar o que estava realmente achando.

– Gostou? Sério?! – Vicenza disse na lata, indignada.

– Quem é a fantasiada sem noção? – Nando quis saber.

A jovem, um tantinho irritada, respondeu novamente na lata:

– Um, meu nome é Vicenza. Dois, *isto* aqui não é fantasia. Três: você me desculpe, mas você é péssimo tocando tuba. Tipo a *pior pessoa* com uma tuba na mão, sabe? E eu sinceramente não entendo alguém falar o contrário disso pra você – arrematou, olhando feio para Cadu.

Ao ouvir as palavras que soaram como ensinamento para ele, Nando abraçou forte nossa protagonista, que levou um susto, obviamente.

– Valeeeu, Vicente! – disse Nando, analisando Vicenza dos pés à cabeça. – Tu é trans? Tudo bem pra mim se for, tá? – completou, sedutor, fazendo Vicenza rir.

– Não sou trans, não! Meu nome é *VicenZA*.

– Ah, tá. Então vou nessa, princesa. Prin...Cenza...! Qualquer coisa, *call me*, ok?

– Ok... – ela respondeu, rindo da falta de noção do garoto sem talento para a música.

– Então tchau, NÉ, Nando?! – fez Cadu.

Nando despediu-se com um aceno artístico, digamos assim, e virou-se de um jeito esquisito, meio... meio Michael Jackson rodopiando em show, sabe? Deu dois passos e estacou. De Michael Jackson de novo, cheio de ginga, virou-se para Cadu e Vicenza, olhando fundo nos olhos dela. Ele era uma piada em forma de gente.

– Princenza! Ó só, dizer a verdade assim é raro, tá? – disse ele, em tom professoral. – Isso aí é um dom, e tu pode se dar bem usando ele. E dom tem que usar, se tu não usa, tu sabe o que acontece, né?

– O quê? – Vicenza quis saber, intrigada.

– Dá ruim. *Life snake!* – explicou, com seu fortíssimo sotaque carioca, que fez a cobra, digo, a *snake*, soar *ixxxneique*.

Dito isso, Nando mandou um olhar cinematográfico para Vicenza, que não entendeu o negócio de *life snake*.

– *Life snake*. A vida cobra – Cadu traduziu, envergonhado. – Desculpa.

– Vou nessa, princenza. Encantado... – disse Nando, dando um beijo na mão da princenza, digo, Vincenza, digo, Vicenza. – Vou mudar de instrumento. Narebaaa! Me arruma um tambor aííí! – e saiu gritando.

Vicenza e Cadu riram da cena, mas logo o riso deu lugar a uma troca de olhares com direito a bochechas rosadas. Um breve silêncio se fez.

– Que figura! – comentou Vicenza, para cortar aquele vazio de sons um pouco embaraçoso.

– Põe figura nisso! – concordou Cadu.

Mais um silencinho, e dessa vez o rosto de Vicenza não esquentou de vergonha. Pelo contrário, ela encarou os olhos de Cadu por alguns longos segundos, fazendo o menino suar frio.

– Olha, você falou de mim, mas você é bem bonito também, né? É muito filha da Raion, né, não?

– E-eu? Nossa... – Cadu respondeu, chocado, e totalmente sem jeito – Brigado. Nenhuma garota disse isso pra mim antes.

– Jura? Mas você tem cor de chocolate e boquinha de almofada, é muito lindo mesmo... – disse ela, com zero maldade, e zero segundas intenções, simplesmente achando muito lindo o garoto, em especial a tal "boquinha de almofada" de Cadu.

– Almofada? – repetiu ele, ainda sem acreditar que a menina mais bonita do mundo tinha gostado da sua boca.

– É!

– Caramba... Garotas como você nem reparam em mim, Vicenza...

– Gente, mas por quê?

– Sei lá. Mas que droga que não tem ninguém filmando, porque ninguém vai acreditar quando eu contar que uma menina linda como você me elogiou!

Vicenza sorriu e olhou para ele timidamente. O encantamento mútuo estava evidente. Porém, não durou muito.

– Oi, esquisita, tudo bem? Olha só, vou ser superdireta, tá? O Paco tá duro há séculos, quase não vende quadro, não pinta há anos... Me explica como é que ele vai pagar sua hospedagem aqui?

– Betina! Isso é jeito de falar com as pessoas? – estrilou Cadu. – Vicenza, essa é minha irmã, Betina.

– Oi, Betina, muito prazer. Que bom que você tá me falando isso. Eu não quero ficar aqui à custa do Paco.

– Ótimo. Então cadê o dinheiro? – a irmã de Cadu quis saber, mais sincera impossível.

– Betina! – reclamou Cadu. – Vicenza, é a Betina que cuida das finanças aqui da casa. Deu pra perceber, né?

– Deu... – disse ela. – Olha, dinheiro eu não tenho, mas... eu posso pagar de outra forma, eu posso... dar aula de ioga, por exemplo! E o dinheiro que entrar vai direto pra sua conta. E eu ainda posso cuidar daqui tipo arrumando, consertando, limpando...

– Cê costura? – perguntou o garoto.

– Eu arraso costurando! – ela respondeu.

– Ó! Já pode costurar nosso estandarte, então! – ele sugeriu.

– E consertar nossa pia – emendou Betina.

– Não, Betina! A pia é missão impossível, pô.

— Não existe missão impossível para Vicenza. Cadê a pia? – respondeu ela.

Betina apontou o caminho e lá se foi nossa protagonista, decidida e cheia de marra, seguida pelos dois irmãos, andando até o banheiro para dar conta daquela tarefa tão desafiadora.

Antes de começar, ela virou para os dois e anunciou:

— Preciso de ferramentas.

— É pra já! – reagiu Betina, já saindo para buscar os apetrechos.

Vicenza prendeu o cabelo, arregaçou as mangas de sua bata e avisou:

— Pode contar no relógio.

Em oito minutos, OITO MINUTOS!, a pia estava novinha em folha.

— Uau! – exclamou Betina. – Pode ficar! E por tempo indeterminado!

A filha de Raion ficou genuinamente feliz por ajudar os irmãos, mas na verdade tinham sido eles que haviam ajudado Vicenza, enchendo a cabeça dela de outras coisas, fazendo com que ela esquecesse a reação que Paco teve mais cedo.

Ela nem suspeitava que, enquanto estava a duas ruas de distância tentando apagar o que aconteceu, ele observava a Baía de Guanabara sozinho, da janela, bebericando uma cerveja e analisando sua casa limpa. Arrependido, sorriu triste ao ver em detalhe seus quadros arrumados, e tudo tão organizado. Quanto carinho, quanto zelo! E ele foi tão rude... Bateu um remorso, bateu uma angústia; Paco não ficou bem, não. Achou o desenho que Vicenza fez dele quando se conheceram e se pegou namorando aqueles traços, achando um primor. Pegou o celular e ficou olhando para o aparelho.

Liga pra ela, Paco!

Mas ele não ligou. Botou o celular de lado e voltou a tomar sua cervejinha, que não estava nível "travesseiro da foca", como ele costumava se referir às loiras estupidamente geladas, mas dava para beber.

O som do cavaquinho de Cadu era certeiro e afinado, e dele saía uma bela trilha sonora para a arrumação de Vicenza, que se debruçava com afinco na organização do arquivo do "Ameba". Depois de dar sua primeira aula de ioga (que foi um sucesso, vale dizer), a garota precisava botar em ordem fotos, fitas VHS, fitas-cassete, documentos e matérias de jornais e revistas sobre os tempos de glória do bloco.

– Cê mora aqui há muito tempo? – Vicenza quis saber do rapaz.

Sem parar de tocar a melodia que parecia estar improvisando, ele respondeu:

– Há dez anos. Desde que meus pais morreram.

– Caramba! Eu sinto muito.

– Brigado – disse ele. – Caramba mesmo, já faz é tempo que eu tô aqui com a minha irmã e meu avô – ele pensou alto.

– E a sua avó?

– Não vejo há uns cinco, seis anos.

– Puxa! – lamentou Vicenza.

– Não precisa de "puxa", não. Ela foi embora, deixou meu avô cheio de dívidas, roubou dinheiro do bloco, não foi nada legal com ele.

– Caraca...

— Meu avô nunca se recuperou, sabe?

— Imagino. E encher a casa de gente com cursos e hospedagem foi uma maneira de pagar as dívidas, né?

— Exatamente. E este ano, pra tentar dar uma animada nele, eu e a minha irmã resolvemos botar o bloco na rua de novo, só que com uma pegada mais moderna. A Betina acha que bloco de samba e marchinha já tem muito, que a gente tem que fazer uma parada meio eletrônica pra atrair as pessoas.

Vicenza torceu o nariz. Ele continuou:

— É, eu também não gosto da ideia, mas fui voto vencido. Até rave a gente vai fazer pra arrecadar grana pro desfile.

Nessa hora, chegou Lucinha, uma aeromoça maranhense que morava lá havia dois anos. Com uma mala de mão azul e nem um fio de cabelo para fora do penteado impecável, ela abriu um sorriso e foi abraçar Cadu.

— Que saudade, *minino*! — exclamou ela, com um fortíssimo e delicioso sotaque.

Os dois deram um longo abraço. Dava pra ver que ela era quase da família.

— Oi, Lucinha! Vicenza, essa é a Lucinha, a mestre de cerimônias do bloco. É aeromoça, mas devia ser comediante!

— Quando você disse aeromoça quis dizer comissária de bordo, não quis? Quis, quis sim – debochou Lucinha. – Prazer, Vicenza. Vai ter baile à fantasia e vocês não me falaram nada?

— Não vai ter baile, essa é a minha roupa mesmo... – falou Vicenza, desanimada por ter que repetir aquilo mais uma vez.

— Que *bunitinhaaaa!* – disse Lucinha, olhando para Vicenza como se ela fosse um ET. – É hippie de verdade, é? *Légítima?*

— A-acho que sou, não sei se hippie ou...

— Tá *pégando* Cadu, tá?

— Lucinha! – repreendeu Cadu, meio encabulado.

— *Minino*, fique quieto, só agradeça! Vicenza de Deus, *issaí* não pega nem resfriado! Ver Caduzim com alguém é um milagre! É um sinal de que as coisas dão certo quando a gente pede com fé e conspira com o universo. Aleluia, Senhor! Salve, Oxalá! Muito obrigada, Madre Teresa!

Vicenza só ria. Ruborizado, Cadu reagiu, irônico:

— Brigado, Lucinha. Ó, valeu mesmo.

— Gostei dela – disse Vicenza.

Em seguida, Betina entrou estressada, falando no celular, resolvendo coisas da festa do bloco. Ao desligar, olhou Vicenza vagarosa e desgostosamente, da cabeça aos pés.

— Ai, gente, essa roupa... – fez a garota, em tom de reprovação.

Já acostumada com as reações à sua figura, Vicenza se fez de doida e fingiu que não era com ela. Apenas pegou o estandarte costurado e, orgulhosa, estendeu para Betina.

— Caraca, mulé. Tá lindo! – Betina exclamou, verdadeiramente espantada.

Estava realmente muito bonito. Parecia coisa de profissional.

— Cê que fez, é? – perguntou Lucinha.

— Arrã – respondeu Vicenza, toda, toda.

— Bicha, mas a senhora é lacradora mesmo, hein? – elogiou a aeromoça, digo, comissária de bordo. A menina sorriu. E justamente nesse momento feliz, Arthur bateu à porta para avisar que ela tinha visita. Ao ver quem estava atrás do dono do albergue, o sorriso de Vicenza se apagou, e ela baixou os olhos, entre triste e irritada. Pra falar a verdade, mais irritada que triste.

Começar de novo

Paco tinha ido em missão de paz, estava desarmado, dava para ver. Ele aproximou-se de Vicenza e, sem jeito, perguntou se podia conversar um pouquinho com ela. Diante do silêncio da garota, ele avisou:

– Prometo não demorar.

Ela finalmente tirou os olhos do chão e mirou os de Paco, que agora lembravam os do Paco adolescente.

– Pode demorar, Paco – falou.

Cadu, Arthur, Lucinha e Betina ficaram ali, parados, prontos para acompanhar a conversa, interessadíssimos, como se fossem maratonar uma dessas séries viciantes.

– A sós, gente, pode ser? – pediu Paco, olhando para os quatro, que logo se desculparam e saíram.

Quase na porta, Betina deixou escapar:

– Droga, queria tanto saber dessa treta...

Acabou que Vicenza levou Paco para o lado de fora da casa, para um cantinho que já era seu preferido, onde passava horas lendo (o livro da vez era *Cinderela pop*, da Paula Pimenta) ou simplesmente vendo a vida passar diante daquela vista deslumbrante. Paco respirou fundo antes de começar.

– Você tem todos os motivos para estar chateada comigo.

– Que bom que você sabe – disse ela, de bate-pronto.

– Eu não podia ter tratado você daquele jeito. Nunca.

"Ele se arrependeu! Que bom", a garota pensou, respirando aliviada.

É, Paco estava mesmo profundamente arrependido.

– Não que isso justifique a minha grosseria, nada justifica, mas a minha vida não tá no melhor momento. Eu... minha vida tá no pior momento, Vicenza, essa é que é a verdade. Eu tô estressado, frustrado, sem grana, sem inspiração, sem nada. E aí descontei em você toda a raiva que eu tô sentindo.

Vicenza esperou uns segundos para responder. Não que não soubesse o que ia dizer, mas porque sabia que o silêncio diz muito, especialmente numa hora dessas.

– Eu entendo, Paco.

E ela entendia, realmente. Já deu para perceber que Vicenza é toda coração, né?

– Cê me desculpa? – pediu ele, agora sim com voz e alma doces.

Ela sorriu suavemente. Pelo pedido de desculpas, por estar vivendo aquele momento... E por ver que seu pai tinha, sim, um coração.

– Também quero te pedir desculpas, Paco.

– Imagina! Desculpas pelo quê?

– Eu não tinha o direito de invadir sua casa daquele jeito.

– Foi a melhor invasão que aquela casa já teve – disse ele. – Aliás... ela reclamou comigo, tá sentindo sua falta – brincou ele.

Vicenza achou graça da fofura daquele comentário.

– Não acredito! Você prefere a bagunça, que eu sei! – reagiu ela, deixando o clima mais leve ainda.

– Não. Nem eu, nem a casa. Tá tudo muito melhor agora – disse ele. – Pô, Vicenza, sério, cê me desculpa mesmo? Eu fui muito idiota.

– Claro que desculpo, Paco.

– Eu queria começar de novo com você, do zero. Fingir que nada aconteceu e fazer tudo de novo. Sem briga, sem estresse, sem Josie.

– Jade! – corrigiu Vicenza.

Os dois riram juntos, cúmplices.

– Quer passear comigo? – disse o artista, de supetão.

– Aaaaaah! Passear? Que fofo, Paco! Vamos, vamos passear sim! – respondeu a garota, achando muito, muito lindo o convite. – Onde a gente vai?

– Surpresa. Vai botar um biquíni, anda!

– Biquíni? Água? Oba! – comemorou ela, antes de sair saltitante para botar não um biquíni, mas um maiô de tricô que ela mesma tinha feito.

No carro, Paco botou para tocar *Me Haces Bien*, de Jorge Drexler, um cantor e compositor uruguaio de quem o artista era bastante fã. Vicenza sorriu quando a música começou. "*Me haces bien, me haces bien, me haces bien*", cantou ele, olhando para Vicenza com ternura e afagando de vez a alma da menina.

"Eu faço bem pra ele. Que lindo...", concluiu Vicenza em pensamento. Paco abriu as janelas e dirigiu bem devagarzinho, para que ela pudesse desfrutar das belas paisagens do Rio.

— Sua mãe é uma mulher muito especial, Vicenza.

— Ela é.

— Foram poucos dias que passei com ela, nem três semanas, mas foi muito intenso, sabe? Lembro que ela veio fazer um retiro aqui em Santa Teresa, acabou ficando pro Carnaval e... Bom, ela amava esse lugar pra onde eu tô te levando. Acho que você vai gostar também.

Já adivinhou para onde ele levou a Vicenza?

Ele parou o carro e apontou para um caminho.

— Esta aqui é a "minha cachu".

Sim, a cachoeira que o pai do Paco o apresentou. E para onde ele também levou Raion.

— Desde pequeno, eu venho nessa cachoeira, meu pai me trazia. A Raion pirou aqui!

— É linda mesmo! A cara dela!

— Partiu mergulho?

— Partiu!

Vicenza, com seu maiozinho gasto, mas muito do bonitinho, se divertiu horrores com Paco. Um jogou água no outro, e eles riram, nadaram, brincaram, tagarelaram bobagens, mas também falaram sério.

— E aí? O que é que você quer fazer com essa história de eu poder ser seu pai?

— Já disse, só quero te conhecer. Posso?

— Claro. Também quero, por isso que a gente tá aqui.

Vicenza sorriu, e seus olhinhos estavam brilhando. Que felicidade ouvir aquilo.

— Cê tem filho?

– Não. Nunca quis.

– Por quê?

– Porque educar é uma coisa muito séria, muito complexa. Fazer filho é fácil, pô, mas criar é difícil. E eu sou do mundo, da noite, de varar a madrugada trabalhando... Claro, quando eu tô inspirado pra trabalhar. Enfim, eu sempre achei que não tinha vocação pra ser pai. Não sei se eu sou responsável a ponto de educar alguém, sabe?

– Eu acho bem responsável você pensar desse jeito. Quanta gente tem filho só porque acha que tem que ter e vira um pai distante, impaciente?

– Não é?

– Que doido pensar que o destino colocou, do nada, uma filha na sua vida. Quer dizer, se é que eu sou sua filha... – Vicenza ponderou.

– Bem doido tudo. Mas eu tô gostando dessa doideira, viu? Tô amarradão.

E aquela garota viveu mais um momento de quentura no peito, aquela quentura de felicidade.

– E você? Fala de você. Cê gosta de morar lá na... como se chama mesmo?

– Universo Cósmico. Eu amo. Amo! Nunca saí de lá, é a primeira vez.

– Mentira! – reagiu Paco, espantado.

– Verdade. É tão lindo lá, um dia você tem que conhecer.

A prosa foi interrompida por um ronco gigante. Era a barriga de Vicenza, que levou um susto antes de cair na gargalhada.

– Desculpa, acho que eu tô com fome.

— Sabe que eu também tô ficando? Vem, vou te levar pra comer o melhor hambúrguer do Rio. Bora?

Os olhos de Vicenza se iluminaram mais uma vez. Ela estava amando aquele carinho todo do... seu pai! Pai. Ela tinha um agora. E ele começava a ficar do jeitinho que ela imaginava que ele seria.

Não.

Melhor do que ela imaginava. Muito melhor.

Na hamburgueria, Vicenza e Paco devoravam com vontade o tal do hamburguer mais tchananã da cidade. A menina mal respirava, parecendo que não comia há duas décadas.

— Meu sonho sempre foi comer hambúrguer com refrigerante – ela confessou.

Paco se assustou. Como assim?

— Sonho? Por quê? Você nunca comeu hambúrguer? – perguntou ele, incrédulo.

E Vicenza respondeu, com a boca beeem cheia, falando com aquele som abafado:

— Eu nunca comi carne.

Paco, então, se espantou real e quase engasgou.

— O quê?!! Por que você não me disse, cara? A gente ia pra outro lugar!

— Ué, porque eu queria experimentar o seu hambúrguer preferido! Cê falou tanto dele...

E Paco amoleceu por inteiro! Seu corpo amoleceu. Era como se seus olhos, sua boca, sua sobrancelha, tudo, tivesse se derretido. Aquela frase era mais deliciosa que qualquer iguaria de restaurante estrelado. Talvez tenha sido a frase mais maravilhosa que Paco já ouviu. Aquela menina tão doce e tão pura se importava com ele, e dava valor à opinião dele como talvez ninguém nunca houvesse dado. Paco sorriu feliz, com aqueles olhos de faísca que tinham deixado de faiscar com o tempo.

– E aí? Tá bom mesmo? – perguntou ele.

– Tem gosto de sovaco, né? Mas é bom!

Paco riu do "gosto de sovaco". "Que figurinha", ele pensou, enquanto olhava encantado para Vicenza.

– Depois vou te levar na estátua do Drummond, pra você conhecer. Dá pra ir a pé daqui pra... – A fisionomia de Vicenza deu uma freada na fala de Paco. – Ei, que foi? Tá tudo bem?

Não, não estava. O emoji de vômito representaria bem o momento.

– Não, mas vai ficar! – respondeu Vicenza, saindo correndo com a mão na boca, rumo ao banheiro da lanchonete.

Já de volta à casa de Paco, Vicenza se jogou enjoada no sofá e ficou ali largada, soltando uns arrotinhos de vez em quando. De leve, para Paco não achar que tinha uma filha arrotenta e, portanto, mal-educada. O hambúrguer dos sonhos tinha caído muito, muito mal no estômago desacostumado à carne da nossa protagonista.

Mal sabia ela que Paco estava se sentindo culpado por ter causado aquela *zica*. Ele queria ajudá-la a ficar boa logo, sabia que o pior já tinha passado, mas Vicenza estava meio verde ainda. Foi até a geladeira ver se podia melhorar a situação.

– Só tem água. E gelo. E iogurte vencido. Ah! E refrigerante.

Vicenza quase vomitou de novo, só de ouvir a palavra "refrigerante".

– Jura que não tem nada pra fazer um chá nesta casa? Hortelã? Alecrim? Camomila? Gengibre?

Paco achou graça e soltou um riso muito do gostoso.

– Não, claro que não! – respondeu, sincero. – Você tem muito o que me conhecer mesmo ainda, Vicenza.

Ao dizer isso, ele deu uma paralisada. Ô-ou... Paco estava paralisando de novo? Seria pânico? Medo de uma situação inédita? De ser pai de uma menina de 18 anos? Alguma coisa havia mudado nos seus olhos, no seu semblante. Enquanto observava aquela menina no sofá, seu coração acelerou de um jeito diferente. Havia muito ele não sentia aquilo, aquela vontade que vem do nada, sem explicação, aquele desejo que surge sem avisar em qualquer lugar, em qualquer hora, aquela... aquela coisa meio mágica chamada *inspiração*.

Paco, então, tirou o chinelo e, ansioso, andou na direção de uma tela em branco.

– Pera! Cê vai pintar?

– Vou. Por sua causa – revelou, para espanto total e absoluto de Vicenza.

– Por minha causa? – perguntou ela, incrédula.

– É!

– Não acredito que você pinta descalço! Eu só pinto assim! – disse ela, chocada com a coincidência.

Ou seria genética?

Foi a vez de Paco se surpreender. Ele amou saber que a menina também tinha o hábito de pintar descalça. "Que sensação inédita e boa é essa que eu tô sentindo, gente?", o artista se perguntou. E disfarçou a taquicardia com um pedido.

— Anda, fala mais.

— Falar mais o quê? – perguntou ela.

— De chá.

— De chá?

— É! Fala mais nome de chá – insistiu, ansioso para botar logo a mão na massa, digo, na tela, digo no pincel.

Que saudade ele estava daquela sensação!

— Sério? – indagou a garota.

— Seríssimo! Anda, fala!

Vicenza riu antes de sair dizendo:

— Boldo, erva-cidreira, funcho!

Paco fez cara feia para os chás, mas logo começou a rabiscar, feliz da vida.

— Que mais?

Vicenza se empolgou e se ajoelhou no sofá. O enjoo tinha ido embora completamente.

— Hibisco, cavalinha, eucalipto!

— Boa! – respondeu Paco, sem parar de riscar a tela. – Fala mais, fala mais!

— Mulungu, espinheira santa, guaçatonga, anis-estrelado! – disse Vicenza, com o tom de voz mais alto, alegre e solar.

— Anis-estrelado! – ele repetiu, sem parar de pintar, frenético nas pinceladas.

Paco estava em êxtase com a volta de sua criatividade, era uma felicidade imensa. E era muito bom se sentir assim depois de tanto tempo com a cabeça oca.

O coração de Vicenza batia acelerado. Os dois riram juntos, em mais um riso conjunto naquele dia tão especial e único. Outros chás foram lembrados para que Paco desse vazão à inspiração que invadiu seu cérebro (ou seria seu coração? Ou ambos?). Ele não poderia estar mais realizado.

– Tudo bem eu ficar aqui enquanto você pinta?

– Por favor, não sai daí! – respondeu Paco.

Vicenza sorriu. Que paz gostosa ela estava sentindo.

– Que legal ver você pintar, Paco.

– *Voltar* a pintar! – corrigiu ele.

– Viu como arrumar a casa te fez bem?

E então ele parou por um segundo, e a encarou, sério.

– Ah. Cê acha mesmo que foi a casa arrumada que me trouxe a inspiração de volta?

– E não?

– Claro que não! Foi você que me inspirou, bocó!

Era preciso mais dentes na boca para sorrir tudo que ela queria sorrir. Bocó... Quase tão fofo quanto passear..., derreteu-se Vicenza.

Aos poucos, a tela em branco foi sendo preenchida por cores vívidas, traços abstratos, marcantes, vigorosos. Estava começando a ficar bem bonito. Ao ver Vicenza observá-lo pintando tão atenta, Paco estancou.

— Bora pintar juntos? — questionou o artista, deixando a filha de queixo caído.

— Nunca pintei com ninguém!

— Nem eu! É a primeira vez que eu tenho essa vontade. Vem!

Paco também estava surpreso com essa vontade inédita de dividir uma obra com alguém. Lembra lá no início da história, quando a mãe do nosso artista perguntou se ele queria pintar com ela e ele respondeu que não, claro que não? A chegada de Vicenza, ao que parece, já estava mudando Paco. Para melhor.

Vicenza se animou e pulou do sofá, tirando a sandália. Alguém estava enjoada e vomitou até a alma uma hora antes? Se esteve ali, já tinha ido embora.

A garota olhou com cumplicidade para aquele cara que, ela sempre soube, era uma boa pessoa. Ansiosa, botou o pincel no pote de tinta.

— Calma — disse Paco. — Não precisa usar a cor pura do pote. Se você misturar as tintas, vai criar uma cor única, só sua.

— Eu sei, foi ansiedade.

— Claro que sabe, pinta bem pra caramba!

— Cê acha? — indagou a moça, sem acreditar no elogio.

— Não. Eu tenho certeza.

Vicenza baixou os olhos, entre orgulhosa e envergonhada.

— Fico lisonjeada, sabia? Você é um artista genial, Paco.

— Cê acha? — foi a vez dele de perguntar.

— Não. Eu tenho certeza.

Foi mesmo um momento muito especial. Paco dando dicas de pintura para Vicenza era a coisa *marlinda*. Ela, encantada por aprender com ele, e ele, encantado por ensinar a ela. Logo ele, que não gostava de "dar aula", lembra? Que bom que o tempo muda tudo, que bom que as pessoas mudam. No caso dele, permitiu que aquele Paco jovem, sonhador, leve e determinado entrasse no quarentão-quase-cinquentão meio resmunguento, meio acomodado, meio de mal com a vida. Não foi uma mudança propriamente, mas um resgate muito bacana, movido, estava claro, pela chegada de Vicenza.

Os dois pintaram lindamente, compenetrados, cúmplices, um participando da (p)arte do outro, riscando a tela com uma felicidade voraz e infantil ao mesmo tempo. Ele parecia estar vivendo o melhor dia de sua vida em muitos anos. Vicenza? Idem. Ainda mais ouvindo Tiago Iorc cantando "Nessa paz eu vou", musiquinha delícia que resumia tudo o que ela estava sentindo.

Os dois ficaram uns bons minutos em silêncio enquanto criavam, e depois a coisa fluiu de um jeito muito leve, com direito a conversa, e olhares, e... confissões.

– E lá na Universo Cósmico? C-cê... cê tem namorado?

Vicenza travou. Paco resolveu mudar a pergunta.

– Hum... Namorada? – insistiu ele.

E a garota parou de pintar na hora, com olhos grudados no chão enquanto fazia que não com a cabeça.

– Não?!!!!! Nãããão!!! – fez Paco, fortemente impactado com a informação. Impactado e cabreiro.

– Que foi? – perguntou ela, querendo morrer.

– Você... voc... você já ficou com alguém, Vicenza?

Silêncio. Um, dois, três, quatro, cinco segundos de silêncio até Paco ouvir a resposta sussurrada da garota.

– Não...

– Não?!?! Você nunca ficou... então quer dizer que você também nunca... você... é virgem?!! – comemorou o artista.

– Sssshhh!

– Não tem ninguém aqui, doida, só a gente! – ele disse baixinho, sorrindo de orelha a orelha – Cara, que legal! Adorei saber disso!

– Ué, por quê?

– Não sei. Não tenho a menor ideia pra te falar a verdade, mas adorei! – respondeu Paco, estranhando a própria reação.

Era um sentimento muito doido o que bateu no artista. Por que celebrar tão efusivamente essa informação? Nem ele entendeu, como ele mesmo disse, mas que ficou feliz, ah, ficou, e muito.

O que conscientemente Paco não sabia era que lá no inconsciente estava tudo muito fácil de entender. Era um pai ficando muito satisfeito com a chance de poder ver sua menina, que chegou grande para ele, "crescer", amadurecer, amar, se apaixonar. Lá dentro do lugar onde as coisas não se explicam, a felicidade de Paco era saber que ele ainda teria a oportunidade, o presente, de participar da vida da filha, de suas descobertas, de fatos importantes, de poder aconselhar sobre um momento tão único quanto a primeira vez.

Depois de horas pintando, o quadro dos dois ficou pronto.

– Tá lindo! – comemorou Paco, orgulhoso de seu primeiro trabalho em dupla.

– Tá mesmo – concordou Vicenza, soltando um bocejo. – Nossa, escureceu e a gente nem viu. Vou pro "Ameba", amanhã a gente se fala?

– Claro! Quer vir tomar café da manhã comigo?

– Não sei. Preciso acabar de organizar umas coisas lá no bloco. Qualquer coisa, vamos falando. Beijo!

– Que "beijo" o quê! Eu vou te levar.

– Paco. É a duas ruas daqui!

– Eu sei, mas eu quero te levar.

E aquele dia tão especial tinha acabado de ficar inesquecível. Que sensação boa a de se sentir cuidada por Paco. O coração dela ficou lotadinho de amor.

Giovanne

No dia seguinte, Vicenza acordou cedo para dar sua aula de ioga e organizar o arquivo do bloco depois. Ela realmente a-ma-va arrumar, os olhos dela brilhavam com isso, uma coisa de louco. Entendo totalmente quem não entende esse tipo de gente, que passa o dia feliz (fe-liz!) arrumando.

E assim, sendo feliz de verdade com aquele bando de fotos, papéis, pastas e jornais para por em ordem, de repente a garota levou a mão à boca em um susto que arregalou seus olhos. Cadu, que passava do lado de fora, viu a figura tensa de Vicenza e entrou na sala.

– Tá tudo bem?

– Não sei...

– Eita. Quer que eu cham...

Ela segurava uma foto e estava meio estática e assustada com o que tinha visto. Era Raion. Beijando na boca (na bo-ca!) um cara que não era Paco. Não, aquele não era Paco! Calma, a coisa piora! Tinha uma outra foto, com Raion, o homem do beijo e... Paco, o próprio. Que tal?

— Cadu! Acabei de descobrir uma coisa que pode mudar a minha vida – disse Vicenza, entregando a foto reveladora a ele. – Você conhece esse cara?

— Eu não, mas meu avô deve conhecer. Bora lá na sala dele perguntar.

Arthur jogava paciência no computador quando o neto bateu na porta.

— Fala, meu filho, tô superocupado aqui.

— Com o quê, vô? – perguntou o garoto, já pronto para zoar Arthur.

— Com meu baralho, seu mala! – admitiu ele.

Cadu riu e mostrou a foto para o avô.

— Vô, cê conhece esse cara?

— Claro que eu conheço.

— Conhece?! – fez Vicenza, com a curiosidade a mil e o estômago queimando.

— Claro. É o Giovanne. Vivia aqui, mas sumiu. Ele e o Paco eram bem amigos – contou.

— Cê sabe o sobrenome dele, vô?

— Era um sobrenome italiano... com dois tês. Espera. Giovanne Garotti... não! Bacarotti... também não! Pavarotti... Óbvio que também não, claro que não. Ah... Já sei! Giovanne Benizatto! Isso! Giovanne Benizatto!

Enquanto o avô falava, Cadu já estava em um diálogo para lá de produtivo com seu parceiro Google.

— E vocês nunca mais tiveram notícia dele? – perguntou Vicenza.

— Nunca mais — respondeu Arthur. — A única coisa que eu sei é que ele foi trabalhar no mercado financeiro. Vai ver é isso: ele ficou rico e se esqueceu dos pobres.

— Mercado financeiro, vô? Tem chance de ele trabalhar no Banco Líder?

— Olha! Tem sim. Se ele não for o próprio dono de lá — riu Arthur.

— Então é ele! Achei onde ele trabalha — falou Cadu, orgulhoso do seu feito, mostrando o celular para Vicenza

A garota arregalou os olhos pela segunda vez naquela manhã. O sorriso gigante daquela menina especial era um ímã para os olhos de Cadu, que mal conseguia disfarçar seu encantamento.

— Me leva lá? — pediu ela, eufórica.

— Claro — ele respondeu, felizão com a ideia de ajudar a garota. Não qualquer garota, *aquela* garota.

No bondinho de Santa Teresa, Vicenza e Cadu olhavam lá embaixo para o Rio de Janeiro, admirados com a paisagem, aquela beleza que não cansa mesmo para quem já se acha acostumado com ela. Vicenza tirou várias fotos de Cadu, e ele dela. Selfies, abraços, olhares, sorrisos. Estava tudo ótimo até que ele anunciou:

— Daqui a dez minutos a gente tá na sede do banco.

— Nossa, é perto assim, Cadu? — Ela franziu a cara, visivelmente angustiada.

— Posso perguntar por que você quer tanto conhecer esse Giovanne? — indagou o garoto.

Vicenza pegou bastante ar para inspirar e expirar vagarosamente antes de falar.

– Claro que pode. É que... Ele pode ser meu pai!

– Eita! É negócio de mudar a vida mesmo!

– É... Eu jurei que o Paco era meu pai, mas agor...

– O Paco???? – Cadu se espantou.

– É... eu achei uma foto dele que a minha mãe guarda há dezoito anos, e por isso eu vim pra cá, vim atrás do Paco, na verdade. Só que justamente quando eu tô mega entrosada com ele, amando saber mais dele, pintar com ele, viver um monte de coisa inédita com ele... eu descubro esse Giovanne, que também tava com a minha mãe no *mesmo Carnaval* e fazendo foto beijando na boca! E na foto com o Paco, a minha mãe tá só abraçada com ele. Ou seja, esse Giovanne também pode ser meu pai. – Vicenza concluiu, com um ar meio triste. – E eu preciso falar com ele.

– Claro, *tamo junto*. Vai ser uma honra te ajudar nisso.

Vicenza sorriu com os olhos ao ouvir essa delicadeza em forma de frase. Cadu deu a mão para ela, e só então sentiu que estava fria. Aquela menina mexia mesmo com ele.

– Que mão gelada, Cadu! – disse Vicenza, deixando o garoto suuuuper sem graça.

– Tá, né? Pois é, deve ser por sua causa. Não sua causa, sua causa, mas por causa dessa situação toda, de você poder ter dois pais e tal. Fiquei nervoso.

– Ownnnn... Que bonitinhoooo! – exclamou ela, antes de sapecar um beijo na bochecha do rapaz, que ruborizou na hora.

Pai em dobro

Eles estavam quase no prédio onde Giovanne trabalhava quando o telefone de Vicenza tremeu no bolso dela. Era Paco.

– Ah, não! O que eu falo se ele perguntar onde eu tô?

– Calma, cê não precisa atender.

– Isso não vai ser uma espécie de mentira?

– Não. Você só não vai falar agora com ele. Depois você fala.

– Tá – disse ela, recusando a ligação, com o coração esmagadinho.

(Uma rápida volta àquele Carnaval)

Tá, eu sei que falei que a Raion conheceu o Paco naquele Carnaval em que Vicenza foi gerada, mas não contei que também existia um Giovanne na história. É que ele não tinha vindo ao caso até agora... E também porque eu quis fazer suspense, para o bem desta trama. Mas tudo bem, chegou a hora de contar tudo sobre o executivo que Vicenza estava prestes a conhecer.

Aquele Carnaval estava só começando quando Giovanne chegou ao bairro de Santa Teresa. Paulistano do sotaque carregado, mauricinho de família zilionária, sempre de gel no cabelo e sorriso nos lábios, aquele mano de ascendência italiana era gente boa atééééé! Vira e mexe, ele vinha para o Rio, cidade de sua mãe.

– O único defeito dele é ser de São Paulo, *meu* – implicou Paco.

– Ah, para, Paco! De onde você é, Giovanne? – perguntou Raion.

O executivo era nascido e criado na capital paulista, mais especificamente no bairro do Pacaembu, ou seja, paulistaníssimo, como ele mesmo dizia, e engrenou em um papo com Raion que varou a madrugada na casa de Paco. Ele ficou muito encantado com a vida nômade e sem planejamento dela, e ela ficou embevecida com a praticidade e o jeito certinho dele. Veja você, um casal improvável que acabou dando liga. Mas, calma, não naquele dia.

Na manhã seguinte, os três foliões se fantasiaram e foram para a sede do "Ameba Desnuda", onde Giovanne ficou com uma turista alemã, outra grega e uma moradora do Rio, mais precisamente da Barra da Tijuca.

– Gente, fez xixi sentada e não é sapo, Giovanne tá pegando, né? – comentou Raion, fazendo Paco rir.

– É, pra ele, Carnaval é isso. Ele não liga pra festa em si.

– Você liga, né? Já deu pra ver.

– Se eu ligo? Eu SOU o Carnaval! – Paco afirmou.

Raion riu e os dois se beijaram. Aquele compromisso descompromissado, que estava com uma intimidade cada vez maior, durou até pouco depois do Carnaval. Raion e Paco gostavam mesmo de estar juntos, de conversar, de rir, e de desabafar um com o outro. Porém, mais do que qualquer outra coisa, um fazia bem para o outro. Definitivamente, deu *match* ali. E eles combinaram de ficar amigos, mesmo que nunca mais se vissem.

– É nosso pacto, tá? – propôs Raion.

– Feito – reagiu Paco.

E enquanto os dois se olhavam infinitamente, como faziam bastante, um sotaque paulistano carregado chegou para interferir no clima.

– Pelo amor de Deus! Fui falar com uma mulher e descobri que ela mora na rua atrás da minha em São Paulo! Eu preciso fugir dela, me ajuda, gente! – gritou Giovanne, apavorado.

Na mesma hora, Raion abraçou o novo amigo.

— Vem, me dá um beijo.

— Tá doida? Olha o Paco aqui!

— É beijo de mentira, idiota! Só pra ela ver e desencanar de você. Cadê ela?

— Tá ali, ó, e tá vindo pra cá – apontou Giovanne.

E então Raion tascou um selinho em Giovanne. Tudo bem, todos já tinham bebido, não foi nada demais, mas... humm... foi... uau.

Raion sentiu alguma coisa bater diferente nela. Guardou aquele sentimento para si e seguiu curtindo o bloco. O clima entre ela e Paco nem ficou estranho. Mas ela ficou.

— Tá tudo bem? – perguntou o artista dos olhos de faísca.

— Mais ou menos. Acho que eu... preciso parar de te ver, Paco. Já, já eu vou embora e... Não quero me envolver. Não posso me envolver! Nem com você, nem com ninguém. Minha vida não permite isso.

Apesar de surpreso, Paco entendeu. Fazia todo o sentido. Os dois tinham criado um laço forte, coisa rara no Carnaval, dizem, e era por isso mesmo que ela precisava cortar o bem pela raiz. O carinho e o afeto que sentiam um pelo outro era puro e intenso.

Dias depois, Raion amanheceu com... Giovanne. Sim. Ela precisava entender por que não conseguia parar de pensar naquele cara alto do sorriso de criança. Ah, os olhos de Giovanne... Eram puros, ingênuos e muito interessados nos dela. Os dois tiveram dias maravilhosos, eles realmente encaixavam, embora ela sentisse falta da falta de amarras de Paco. E Giovanne era cheio delas.

Mas lembre-se de que a mãe de nossa *protagonista* é alma livre, é pipa avoada, como dizem por aí. Na véspera de voltar para casa, Raion conheceu Miguel, um fotógrafo peruano que vivia no Rio de Janeiro havia dez anos. E foi arrebatador. A filha de Vicente e Zana sentiu o que nunca tinha sentido na vida, e olha que ela sempre foi intensa, e bota intensa nisso. Ela não tinha medo de se jogar, nem de se apaixonar, de viver experiências diferentes sem se julgar, e sem se preocupar com julgamento dos outros. Aliás, a linda ruivinha nem sequer sabia conjugar o verbo julgar. Palmas para ela. Caidinha de paixão, ela chegou a cogitar não ir embora do Rio de Janeiro por causa de Miguel, mas...

"Não, eu não sou daqui", ela percebeu. E partiu.

É... seu primeiro e único Carnaval no Rio foi bem... animado, digamos assim. Tanto que, dezoito anos depois, nasceu Vicenza. E essa é a história completa. Pronto, contei.

Você pode ser minha filha

O prédio onde funcionava o Banco Líder era gigante, imponente, suntuoso, moderno. Vicenza olhou para Cadu com um olhar de vou-ou-não-vou, seguido de um vou-né? Cruzaram a imensa porta de vidro e viram que lá dentro era tudo maior ainda, mais bonito ainda, embora frio e impessoal.

– Como é que você vai fazer para entrar? – Cadu quis saber, ao ver um time de recepcionistas impecavelmente arrumadas e maquiadas, autorizando a entrada das pessoas.

– Ué, gente, não é só entrar?

– Claro que não, doida! E esse bando de seguranças, de recepcionis...

– Cadu... – ela interrompeu o garoto. – Eu tô seguindo meu coração, relaxa.

– Ô, Vicenza, bonitinho isso, bonitinho mesmo. Mas aqui não é exatamente um lugar em que as pessoas usam desse jeito o coração, aqui é...

– Cadu, quando eu faço com o coração, tudo dá certo pra mim. De uma maneira muito doida, mas dá. Sempre foi assim. Não é agora que vai dar errado, né?

— É... Bom, se você está falando... – disse Cadu, obviamente incrédulo, pensando por dentro "Sua-louca-linda, claro que vai dar ruim! Como é que eu vou tirar você daqui agora?".

Após a explicação com aquela naturalidade que era tão dela, nossa heroína caminhou decidida até uma recepcionista.

— Nome e RG, por favor – pediu a moça.

— É Vicenza Shakti Pravananda Oxalá Sarahara Zalala da Silva.

Puxado.

— Vicenza Silva – abreviou a moça, sem cerimônia. – Vai pra onde?

— Pro Banco Líder.

— Pra que andar?

— Então... Não sei – respondeu ela.

— Como não sabe? Como é que eu vou avisar que você está aqui?

— Não dá pra não avisar?

— Claro que não. Sou paga pra avisar – respondeu, impaciente.

Vicenza respirou fundo para escolher bem as palavras e explicar sua situação.

— É que a pessoa que eu vou ver não sabe ainda que eu existo. E eu também não sabia da existência dele até poucas horas, entendeu?

— Não, não entendi – respondeu a recepcionista, agora curiosa.

Vicenza então se debruçou sobre o balcão, pois precisava contar seu segredo.

— Eu vim aqui conhecer meu pai, moça.

Em um susto, a recepcionista engomadinha de unhas vermelhas e compridas ficou genuinamente chocada. E também comovida, com lábios tremelicantes e tudo. "Que bacana poder fazer a ponte entre ela e o pai", pensou a moça, com os olhos marejados.

– Qual é o nome dele?

– Giovanne Benizatto.

Teclando freneticamente com suas unhas gigantes (tipo #chupaRihanna), a recepcionista digitou o nome socando cada letra com uma rapidez absurda.

– Você conhece ele? – quis saber a jovem.

– Eu não conheço, mas *você* vai conhecer – ela respondeu, emocionada, entregando um crachá para Vicenza com um sorriso no rosto. – É no décimo andar, sala 1002. Boa sorte!

– Gratiluz!

– Gratiluz pra você também – reagiu a moça, fazendo um coração com as mãos para a garota.

E assim, exatamente com essa facilidade, Vicenza conseguiu. É, a junção de um coração bom com outro coração bom realmente dá certo. Suspirando, a menina olhou vitoriosa para um muito impressionado Cadu, mostrando seu crachá.

"Que menina especial", pensou ele.

– Viu? Deu certo! Eu falei!

– Parabéns, Vi! – disse ele, abraçando a garota e sentindo seu delicioso perfume de patchouli. "Que cheiro bom", pensou, de olhos fechados. – Bom, minha missão está cumprida. Qualquer coisa, me liga, tá?

– Tá, obrigada, Cadu! – sorriu Vicenza, indo em direção à catraca para pegar o elevador.

Era a primeira vez que ela entrava em um prédio daqueles, e claro que se enrolou toda com a catraca, o crachá, a luz que não acendia, etc. Mas seu nome era carisma, e logo chegou um segurança para ajudá-la.

A seguir, já de frente para várias portas de elevador, ela não sabia como agir, onde apertar, o que fazer. Era tudo muito novo. E era também um novo possível pai, caramba! O coração dela estava acelerado por mil motivos, e ela agora estava prestes a entrar em uma caixa esquisita que voava. Respirou fundo e entrou para subir até o décimo andar.

Quando o elevador abriu novamente as portas, ela viu que o andar era todo do banco, e cheio de pessoas engravatadas, apressadas e tensas, que falavam alto, explodiam, se acalmavam e tomavam café aos litros. O astral era pesado.

Na entrada, havia outra recepcionista, porém de poucos sorrisos, para quem Vicenza perguntou por Giovanne. Ela indicou a mesa dele, a última do longo corredor.

Enquanto caminhava com sua leveza iogue, vestida zero de acordo com o local, Vicenza sentiu o coração bater forte dentro do tórax. Estava tão ansiosa que nem notou os olhares de estranhamento das pessoas sobre ela. Só percebeu mesmo a desorganização das mesas, e pensou que adoraria organizar uma por uma.

Qual não foi sua surpresa ao ver uma única escrivaninha impecavelmente arrumada. Ela diria *vicenzamente* arrumada. Sobre ela, uma placa em que se lia: Giovanne Benizatto. Ui. Chegou a hora. Eram muitos sentimentos no coração da garota. Por um instante, a imagem cada vez mais amigável e próxima de Paco entrou em sua cabeça. Gostava tanto dele, tanto, tanto. Franziu a testa, pensando: "Aimeldels, vou falar, não vou falar?". E questionou-se: "Volto pra Santa?".

Você voltaria?

Claro que ela não voltou. E caminhou decidida, sentindo a batida do coração em todos os poros do seu corpo. Ao se aproximar de Giovanne, ouviu sua voz grave ao telefone:

– Baixa esse tom pra falar comigo, seu Arquimedes!! O senhor bai... Eu avisei que o senhor ia perder dinheiro, seu Arquimedes, baixa esse t... É você! Você que é!! – gritou o homem, que tinha a testa suada e muita tensão no semblante.

Vicenza ficou horrorizada com a cena.

– G-Giovanne? – perguntou, antes de engolir em seco. – Giovanne Benizatto?

– Sou eu. Em que posso te ajudar? Você é a...?

– Vicenza. Eu... eu sou filha da Raion.

– Raion? – repetiu ele, com a memória voando imediatamente para o passado. – Filha da Raion?! Raion!!! Nossa...! Há séculos que não sei da sua mãe! Como é que ela tá?

– Tá ótima! Eu vim porque...

– Tá mal das finanças e veio pegar conselho do tio aqui, né?

– Ãhn?

– Eu cobro uma pequena fortuna pra fazer isso, mas pra você eu faço de graça. Pela Raion, claro!

E então Giovanne baixou o tom de voz e disse, meio que como uma confidência:

— Cê sabe que eu tive um teretetê com a sua mãe, né?

— Olha só... — Vicenza fingiu espanto.

— Me fala seu nome todo — pediu ele.

— Vicenza Shakti Pravananda Oxalá Sarahara Malala da Silva.

— Silva, tá. Vicenza Silva. Nome da mãe.

— Raion... é... Silva — disse a garota, seguindo a lógica de abreviar aquele nome gigante.

— Nome do pai?

Ô-ou...

Uma puxada profunda de ar para dentro e...

— Eu... eu não tenho pai...

— Ok, data de nascimento.

— Oito de novembro. Sou do ano em que você conheceu a minha mãe.

— Jura? Espera... Eu conheci sua mãe em um Carnaval aqui no Rio... Foi antes de eu... Mas foi depois de... — Ele parecia estar fazendo contas mentalmente. — Caramba, faz dezoito anos... Tudo isso já?

— Arrã — fez Vicenza. — A minha idade.

— Olha só, a sua id... Você podia ser minha filha, hein?

Vicenza sorriu com os olhos. E então a ficha caiu para Giovanne. Visivelmente em pânico, ele tirou os olhos do computador e olhou para ela, mandando na lata:

— Peraí! V-v-você... você... você pode *mesmo* ser minha filha?

E sem nenhuma firula, ela também respondeu na lata:

— Posso.

Giovanne bebeu em uma golada um copo enorme de água.

– E é por isso que você está aqui? Porque você pode ser minha filha? – perguntou, afrouxando o nó da gravata.

O executivo mudou de cor, de fisionomia e de tom de voz.

– Mas filha, filha?

– Isso. Filha.

– Filha, filha?

– Filha, filha.

– Filha.

– Arrã... filha...

Giovanne se recostou em sua cadeira ergonômica e botou as mãos sobre a cabeça. Vicenza se apavorou e pensou. "Jura que você vai ficar paralisado que nem o Paco? Ah, não!", lamentou a menina mentalmente.

Mas não. Giovanne não paralisou, pelo contrário. Ficou extremamente agitado e, em um impulso, abriu uma gaveta cheia de incensos, ervas e chás organizados por cores e tipos, pegou umas folhas que estavam lá dentro e esfregou freneticamente sua testa com elas, enquanto respirava em um saco vazio de papel. Mais calmo, ele acendeu todos os incensos de uma das caixas de só uma vez e voltou a respirar no saco.

Vicenza não sabia o que fazer, como agir, onde botar as mãos, e nem para onde olhar. O escritório inteiro assistia de camarote à cena.

– A gente precisa conversar – ele avisou. – SEM PLATEIA! – completou, olhando para os colegas futriqueiros, que voltaram a trabalhar fingindo que não era com eles.

Avisou à secretária que estava indo e não voltava mais aquele dia. Apagou os incensos em uma caneca com água e saiu afobadamente do escritório, seguido por uma Vicenza assustada. "Só tenho pai maluco, né?", pensou a garota, enquanto dava passos rápidos logo atrás de Giovanne.

Desceram o elevador em silêncio, mas ele não parava de se mexer, ainda agitado, andando como podia no minúsculo espaço. Ela estava meio fascinada, tentando decifrar aquele ser, apenas olhando como ele se comportava.

Já na rua, em frente ao prédio, de volta à avenida Rio Branco lotada de carros, buzinas, prédios e gente atrasada indo e vindo, Vicenza suspirou e parou. Giovanne ficou preocupado.

– Que foi? Tá sentindo alguma coisa? Tá com fome?

– Eu tô sempre com fome.

– Quer comer alguma coisa?

– Sempre – riu a menina. – Mas não queria comida de restaurante, não. Eu comeria uma comidinha caseira.

– Então já sei pra onde eu vou te levar. Táxi!

O apartamento de Giovanne parecia de mentira de tão perfeito, coisa de rico de novela mesmo. Daqueles com a porta grande, piso de mármore Travertino, marcenaria de primeira, quadros lindos e visivelmente *fortunentos* e luminárias elegantes numa espaçosa sala com vista para o mar. Vicenza teve a sensação de estar entrando em um navio. Que lindo aquele lugar! E não bastasse toda aquela beleza superarrumadinha, uma cozinha americana, daquelas integradas ao resto do ambiente, era a grande protagonista do apê. Os olhos de Vicenza brilharam.

— Caraca! *Isto* é uma cozinha!

— Linda, né? É meu lugar preferido da casa, eu adoro cozinhar.

— Eu *amo* cozinhar! – falou ela, com os olhos brilhando novamente, agora de felicidade.

— Olha só! E o que você gosta de preparar?

— Doces. Bolo, cookie, casadinho, mousse... Mas eu faço de tudo – a jovem contou.

— Olha que bacana! Deixa eu ver o que eu posso fazer pra gente comer...

— Por que a gente não prepara uma coisa junto? – sugeriu ela.

— Jura? Adorei a ideia! Meus enteados nunca cozinharam comigo. Ex-enteados, na verdade, mas são como se fossem filhos pra mim.

— Você já chamou eles pra cozinhar?

— Já! Quer dizer, acho que já...

— Entendi – disse a garota, entendendo que ele, claro, nunca havia chamado.

— Bora ver o que é que tem pra comer – disse, tirando o terno e a gravata rumo à geladeira, e depois caminhando até a despensa.

Cebola, acelga, cenoura, brócolis. Brotos variados, cogumelo. Azeite, sal, pimenta do reino. Só tacar tudo naquelas panelas chiques de programa de culinária e *voilà*! Era só o que eles precisavam para começar a brincadeira gastronômica.

— Que legal! Isso aqui é a Disney! – disse a garota, com um sorriso que não cabia no rosto.

Giovanne se encantou com a sinceridade genuína da sua possível filha. Juntos e supersintonizados enquanto cozinhavam o prato escolhido, um yakisoba de legumes, que delícia, Vicenza se deixou impressionar por cada elemento presente ali: fogão digital, mixer sem fio, uma infinidade de facas e coisas misteriosas que ela nunca tinha visto na vida.

Percebendo a falta de intimidade da menina com as modernidades da sua cozinha, Giovanne foi ensinando pacientemente Vicenza a usar os apetrechos. Como Paco, ele amou ensinar coisas a ela. E ela? Amou aquela aula, evidentemente.

– Quantos enteados você tem?

– Dois. Rael e Guilherme.

– Eles são legais?

– São os caras mais legais que eu conheço.

– Você se separou faz muito tempo?

– Faz dois anos.

– E você se dá bem com a mãe deles?

– Com a Marta? Sim, ela é minha amiga. Com os meninos também, eu me dou bem com eles – ele contou, com se quisesses se convencer daquilo – Mas eu trabalho muito, né? Então acabo não ficando tanto com eles quanto eu gostaria.

– Tendi...

– Mas e a Raion, menina? Eu nunca mais soube dela! Ela ainda tá na Universo Paralelo?

– Universo *Cósmico*.

– Ah, isso.

– Arrã.

– Como é a cozinha lá?

– É maravilhosa. E tem fogão a lenha, tá? – respondeu. – Desculpaê – fez graça a menina, a cada minuto mais conectada com Giovanne.

– Tirou onda! Fogão a lenha é um luxo! Tudo fica mais gostoso.

Vicenza concordou com um sorriso. Corta daqui, pica dali, ri acolá, estava divertida aquela farra culinária. Giovanne era engraçado. Naturalmente engraçado. E ele cozinhava sorrindo, que nem ela. A cumplicidade entre os dois aumentava a cada instante, pelos olhares. Ele estava claramente encantado com Vicenza, e parecia, ao contrário de Paco naquele primeiro momento, realmente animado com a possibilidade de ter uma filha, ainda mais *aquela* filha tão, tão, tão fofa e especial. E ainda tinha covinhas, como ele. A conexão foi tanta que nem o silêncio os deixava desconfortáveis. Pareciam velhos amigos íntimos. Porque só na intimidade o silêncio é absolutamente bem-vindo.

– Olha que coisa... Nunca soube que a Raion tinha uma filha. E que EU posso ser o pai dela. Dela quer dizer... o seu.

– Né? – reagiu Vicenza, meio sem graça. E meio culpada também.

Culpada por não ter falado para o Paco de Giovanne, e nem para Giovanne do Paco. Mas era muita interrogação na sua cabeça. "Um problema de cada vez", ela se permitiu pensar assim.

– E seu trabalho, o que é que você faz, exatamente? – ela mudou o rumo da prosa. – Achei tudo no seu escritório tão tenso, todo mundo com a cara séria e preocupada.

– É tenso mesmo – concordou ele. – Mas, respondendo à sua pergunta, eu ajudo os milionários a ficarem mais milionários.

– Gente... como é que se faz isso?

– Ah, aplicando o dinheiro deles em fundos de investimento, colocando a grana deles em negócios com boa rentabilidade. Agora, por exemplo, tô botando meus clientes pra investir em uma empresa de agrotóxicos. Quanto mais o planeta aquece, mais dinheiro eles ganham. Sei que agrotóxico é ruim e...

– Ruim?

Xiiii... deu ruim.

– Agrotóxico é a *pior* coisa que existe, é veneno! – continuou a garota, enfática e quase brava. E um tantinho decepcionada também.

– Ah, não é veneno... – ele falou, tentando minimizar.

– **É totalmente veneno!** – exclamou Vicenza, em negrito mesmo.

Poxa, ele estava tão bacanudo até agora!

– Tá bom então... – reagiu Giovanne, acatando a bronca como um garotinho que fez besteira e tomou puxão de orelha merecido da mãe. No caso, da filha.

– Olha, Giovanne, você me desculpa, mas acho muito caído você e seus clientes ganharem dinheiro com isso...

E tome esporro! Mas nem brigando Vicenza perdia a doçura, que fique claro.

Giovanne parecia bem constrangido. No fundo – ah, e no raso também –, ele sabia que a menina estava certa, certíssima. Ele comprava apenas produtos orgânicos, de pequenos agricultores, por conta da sua saúde, e da saúde do planeta também. Como então era capaz de incentivar, de certa forma, o crescimento de uma empresa que envenena alimentos? Não, né? Bateu uma vergonha tamanha que o fez ruborizar. Vicenza prosseguiu:

— Desculpa, mas eu acho que o tempo que você gasta com essa empresa aí você deveria dar para os seus enteados. Chamar eles de verdade pra cozinhar, sem hora pra acabar. Isso, sim, é um bom investimento.

E o silêncio se fez novamente na cozinha, dessa vez com um astral pesado, estranho. Giovanne soltou um suspiro.

— Uau! Sincerona você, hein? – ele quebrou o gelo.

A jovem riu. Pronto, torta de climão desfeita na hora, porque aquele sorriso quebrava qualquer sisudez. Em pouco tempo, os dois já estavam cozinhando em uma coreografia não ensaiada, mas muito harmônica. Puseram a mesa com jogos americanos estampados com fotos do Rio, montaram dois lindos pratos e comeram com entusiasmo e fome, muita fome, no caso de Vicenza.

— Por que só agora você veio atrás de mim? – quis saber Giovanne.

— Porque só agora minha mãe resolveu ir pra Índia, e eu pude fugir.

— F-fugir? Como assim fugir? A Raion não sabe que você tá aqui?! – ele perguntou, com desespero na voz.

— Calma, eu vim seguindo o meu coração, tá tudo certo.

— Não, não tá não! Não pode, tá errado! Vamos ligar pra ela agora! – sugeriu Giovanne, nervoso.

— Não tem como, ela tá incomunicável.

— Eita! Mas por que você teve que fugir? A Raion falou que não queria que você me conhecesse, é isso?

— Não! Ela não falou nada de você, nem de ninguém! Ela só fala que "não tá na hora" de eu conhecer meu pai. Só que nunca tá.

Giovanne engoliu em seco. Ele tinha entendido tudo.

— E você tá de saco cheio de não saber quem é seu pai – resumiu o executivo.

— Bem de saco cheio.

Ela baixou os olhos. Saco cheio talvez não fosse exatamente a expressão que representasse as múltiplas emoções que pularam 18 anos dentro dela. Era mais tristeza, indignação, raiva, frustração, tudo junto e misturado. Nem ela sabia descrever o tamanho, nem tampouco a intensidade, do buraco que havia no peito dela.

— Gostou do nosso rango? – perguntou Giovanne, para afastar a *bad* que se aproximou da menina.

— Amei! A gente arrasou! – respondeu Vicenza, toda-toda com o que ela disse ser o "melhor yakisoba da vidaaaaa", assim, com muitos as mesmo.

— Você tá certa. Eu nunca falei para os meus enteados "bora pra cozinha, bora preparar uma coisa gostosa pra gente comer".

— Eu sei.

— Eu sei que você sabe. Obrigado por me tocar essa real.

— Tamo junto!

— Tamo?

— Claro, ué. Você pode ser meu pai, acho que a gente vai ficar bem junto por um tempo.

Os olhos de Giovanne brilharam e acenderam os de Vicenza, que brilharam de volta.

— Vou fazer um chá pra gente.

— Não, brigada, tenho que ir embora.

— Não, fica mais! Agora que tá ficando bom, poxa.

Ai, meu Deus! Que cara mais fofo e que dava atenção genuína a ela!

— Tá bem. Um chazinho não tem problema, né?

— Claro que não! Gosta de capim-limão?

— Amoooo!

O chá estava realmente gostoso, e que cheiro bom tinha! A garota não dizia não para um chá, e Giovanne parecia ser o rei dos chás. Vicenza gostava de falar, Giovanne falava pelos cotovelos. Vicenza sorria com os olhos, Giovanne idem. Vicenza gostava de cheiro de terra molhada, Giovanne entregou que era seu cheiro preferido. Vicenza sempre botava o pano de prato no ombro esquerdo para cozinhar, Giovanne fazia igual. E Vicenza amava as músicas dos anos 1980 que o executivo botou para eles dançarem. Sim, eles dançaram! Michael Jackson, Culture Club, Phil Collins, David Bowie, Leo Sayer. Vicenza ria solta com os passos atrapalhados que Giovanne dava na sala gigante. Ele era o típico tiozão do pavê, mas tão gente boa quem nem tinha o que falar! Rodopiaram, cantaram e fizeram passinhos tipo John Travolta.

— De onde você conhece essas músicas? — perguntou ele.

— Da minha mãe. Ela só gosta de música boa. A gente dança direto lá em casa — falou, mostrando uma leve tristeza ao lembrar-se das noites bailantes com Raion.

O nome disso é saudade, Vicenza. Normal, né? Ela e a mãe nunca tinham ficado geograficamente tão distantes, e por tanto tempo.

– Vou botar uma música pra ver se desenferrujo esse quadril aí. Quero ver você rebolar agora – avisou ela, espantando a *bad vibe* que poderia chegar com a tal da saudade.

– Que quadril? Esse aqui? Eita, o quadril não é nada! O problema é a coordenação, parece que tenho dois pés esquerdos!

Vicenza riu com a bobagem. Sempre gostou de quem ri..., de quem não se leva a sério. Apertou o play.

– "Ninguém manda nessa raba"? É sério, Vicenza? – indagou Giovanne, muito chocado, ao ouvir o refrão de "Não sou Obrigada", da MC Pocahontas.

Vicenza gargalhou, e o som daquela gargalhada, o executivo não demorou a concluir, era o mais gostoso que ele já tinha ouvido. Nossa protagonista até tentou ensinar o quadradinho de oito para seu provável pai, mas Giovanne não nasceu mesmo para dançar aquilo. Quando tentou ir até o chão, caiu de bunda, fazendo a garota gargalhar de novo. Pareciam realmente pai e filha se divertindo em uma noite quente de verão. Os dois na mesma sintonia, no mesmo compasso. Atacando de DJ, Vicenza emendou com Bad Guy, da Billie Eilish, Bad Liar, da Selena Gomez, Na Na Na, do Now United, e Deixa, do Lagum com Ana Gabriela. E dançando e conhecendo o gosto musical um do outro, perderam a noção do tempo.

– Gente! Que horas são, Giovanne?

– Quinze pras dez.

— Meu Deus! Eu tenho que ir!

— Ah, não... Por quê?

Era engraçado... Ao contrário de Paco, que fez de tudo para se livrar de Vicenza no primeiro dia, Giovanne não queria se afastar da menina por nem um segundo, como se tivesse medo de nunca mais vê-la. Parecia querer descobrir, em poucas horas, tudo daquela garota peculiar que se materializou do nada em seu escritório para mudar sua vida. Para sempre e para melhor. Para muito melhor, ele tinha certeza.

— Eu sei, depois a gente conversa mais. Tá ficando tarde, preciso ir.

— Onde você tá hospedada?

— Na sede de um bloco em Santa Teresa, o "Ameba Desnuda", conhece?

O pensamento de Giovanne foi láááá para dezoito anos atrás, o último ano em que saiu com o "Ameba".

— Claro que sei! Nossa, que nostalgia bateu agora... faz anos que não pulo Carnaval. Eu ia com um amigo meu que era doido por Carnaval. Mas eu não, eu ia só pra pegar mulher, mesmo.

Vicenza riu da sinceridade e tentou disfarçar o desconforto causado por saber bem quem era o tal amigo folião ao qual Giovanne se referiu.

— Aí conheci minha primeira mulher e ela odiava Carnaval, então a gente sempre viajava. Depois, veio a Marta, que não suporta samba, e eu nunca mais pensei no assunto. Que legal que você tá hospedada lá! Quer dizer que virou pousada?

Vicenza explicou que sim, que agora o bloco era uma espécie de albergue que abrigava hóspedes e promovia cursos variados, e que ela, inclusive, tinha virado professora de concorridas aulas de ioga. E da ioga partiram para o assunto saúde, e Giovanne confessou que era sedentário, que sabia que não era bom não mexer o corpo, e Vicenza se preocupou, se ofereceu para dar aula, e até ensinou para ele umas respirações e esqueceu da hora de novo.

Quando Giovanne foi pegar uma água, ela perguntou a hora novamente. Passava das onze.

– Eita, Giovanne! Eu preciso ir mesmo agora!

– Não! – gritou ele, de bate-pronto.

Respirou fundo e, sereno, quis saber:

– Por que você não dorme aqui?

Vicenza se espantou com a proposta, mas se sentiu tão querida e acolhida...

– Dormir aqui? Sério?

– Sério, pô. Esse apê é grande, tem lugar pra mais três Vicenzas.

A jovem ficou cabreira. Será? Ao mesmo tempo em que matutava a dúvida, queria ficar, conhecer mais aquele cara tão a cara dela, aquele cara tão legal e... tão diferente de Paco, que ela gostava tanto.

De repente, o celular fez plim.

Cadu
Tá tudo bem?

Vicenza
Super. Amei o Giovanne. Vou dormir aqui

Cadu

Como assim? Você acabou de conhecer o cara! Tá louca????

Vicenza

Cadu. Ele é muito maravilhoso. E eu tô seguindo meu coração.

Cadu

Certeza? Posso te buscar

Vicenza

Certeza. Não precisa. Amanhã ele me leva praí antes de ir pro trabalho 😊

Eu sei. Provavelmente quase nenhuma garota de 18 anos com o mínimo de noção dormiria na casa de um quase-estranho. Mas Vicenza... Ah! Vicenza, né?

A ex

A prosa de Giovanne e Vicenza varou a madrugada. Pareciam velhos amigos que não se viam há anos botando o papo em dia. Um estava realmente curioso pela vida, passado, gostos, passatempos e hábitos do outro.

– Você joga gamão? – ele perguntou.

– Eu amo gamão! – respondeu ela, com aquele sorriso que fazia acender tudo em volta.

– Eu que ensinei sua mãe a jogar, sabia?

– Claro que não, né?! Como é que eu ia saber? – rebateu a garota, doce como sempre.

Na hora, Giovanne se tocou do fora que deu. Vicenza estava ali porque há 18 anos queria saber quem era o pai.

– Claro, desculpa.

– Imagina, Giovanne. Amei saber disso! – vibrou a garota. – E sabe o que você não sabe?

– O quê?

– Que foi ela que me ensinou a jogar!

Opa! Os olhos de Giovanne brilharam, junto com um sorriso que nasceu tímido, mas muito feliz.

– Então é como se eu tivesse te ensinado por tabela, né? – disse ele.

– Exatamente! – sorriu Vicenza.

E o executivo de forte sotaque paulistano, mesmo depois de anos morando no Rio, baixou os olhos. Ficou emocionado, dava pra ver. Vicenza também ficou. Entendeu tudo.

– Eu... eu vou te ensinar muitas coisas ainda. Vou correr atrás do tempo perdido.

Vicenza sorriu com os olhos. Que delícia sentir a acolhida daquele pai tão diferente de Paco, e tão parecido com ela, e que mesmo sem saber se era ou não seu progenitor, a tratava como filha e fazia planos para eles.

– Eu... eu sei que é feio isso, mas... eu morro de inveja quando uma pessoa da minha idade diz que foi o pai que ensinou tal coisa pra ela.

– Não é feio. É humano. Demasiadamente humano.

– Para! Eu amo Nietzsche! Amo essa frase dele.

Giovanne levou um susto. Que menina de 18 anos era aquela? Que cozinhava para ela e para os outros, jogava gamão, sabia tudo de música dos anos 1980 e ainda lia Nietzsche?

– Calma, não precisa me olhar com essa cara! Eu sou nerd, mas nem tanto – riu ela. – Sou curiosa, amo ler, e gosto de ler de tudo. De Saramago a Paula Pimenta, de Vargas Llosa a Jenny Han, de Clarice Lispector a Bruna Vieira. Leio tudo que me entretém, sem julgamento.

Leio tudo que me entretém. Aquela frase pipocou nos outdoors do cérebro de Giovanne. Sabe pai babão? Pronto! O Giovanne estava exatamente com essa cara.

– Eu também, leio de tudo. Se... se você for mesmo minha filha, pode... p-pode... pode ter puxado isso de mim – falou, sem esconder o orgulho.

– É – disse a garota, com todos os dentes aparecendo em um encantado sorriso. – O que foi que seu pai te ensinou?

– Matemática, ele era ótimo. E eu também sou, modéstia à parte.

– Eu também! Eu arraso em matemática!

Mais um olhar de cumplicidade. Eu disse, a conversa estava boa demais da conta!

– Que mais?

– Ah... meu pai me ensinou a... cozinhar. A... jogar futebol, mas nisso eu sou péssimo.

– Tudo bem, mas você manda muito na cozinha.

– Não tanto quanto você.

Os olhos de Vicenza ficaram pequenos e orgulhosos com o elogio.

– Mas o que mais meu velho me ensinou foi respeitar os outros, agradecer, ter empatia... meu pai é um cara bacana, um dia você vai conhecer.

Vicenza entrou em um silêncio, e sua cabeça pareceu ir para outro lugar.

– O que foi?

– Eu nunca tive avós paternos, Giovanne. Só os maternos, que moram do outro lado do mundo, e eu não os vejo há séculos.

– "Eu não os vejo." É tão raro um adolescente falar direito. É *tu qué* pra cá, *tu vai* pra lá, *qualé, mermão*.

Vicenza sorriu, bocejando.

– Que legal! Eu nem tinha me tocado que posso ter um novo par de avô e avó pra chamar de meu! – comemorou a menina, batendo palmas.

– E os dois são uns doces, loucos para ter um neto, você vai adorar conhecer meus pais. E, cá entre nós, acham o Rael e o Guilherme muito barulhentos.

E a menina abriu o bocão de novo.

– Bateu sono, né? – perguntou Giovanne.

Vicenza fez que sim com a cabeça.

– Vem, vou te mostrar o quarto do Rael e emprestar um pijama pra você dormir.

O quarto, assim como a sala, era grande e elegantemente decorado, e tinha vista para o mar. Que delícia dormir com aquele barulhinho bom de onda batendo na areia... Giovanne emprestou à Vicenza um pijama que ficou enorme. Quando ela se deitou, ele a cobriu com o macio edredom e deu um beijo na testa da menina. Os olhares, então, se cruzaram, e ficaram um no do outro por um tempo que pareceu infinito. Mas não demorou a bater um leve constrangimento. Era doce, mas esquisito. Fofo porém estranho. Eles mal se conheciam! E, ao mesmo tempo que era bom demais ganhar um beijo de uma figura paterna, por mais especial que o gesto tenha lhe feito sentir, Vicenza não sabia se Giovanne era realmente seu pai. E se não fosse? E se ela se apegasse a ele e depois descobrisse que tudo não passou de uma viagem da sua cabeça?

– Desculpa...

— Não precisa pedir desculpa de nada, Giovanne. É tudo muito novo pra mim também. E meio que a gente não sabe como se sentir, como agir, né?

— É isso. E a vida não vem com manual, né? Não tem um livro com um capítulo "O dia em que sua filha de 18 anos que você não sabia que existia aparece na sua frente".

Vicenza sorriu.

— Não, não tem. — Ela fez uma pausa. — Independentemente de qualquer coisa, quero que você saiba que foi muito bom ganhar esse beijo, viu? Me senti querida e protegida.

Giovanne sorriu de volta, e umas lagriminhas bem que brotaram no seu olho, que eu sei, mas ele disfarçou bem.

— "Quando a gente gosta é claro que a gente cuida", já escreveu Caetano — Giovanne citou seu trecho preferido de Sozinho.

— Na verdade, Peninha. O Caetano regravou.

Giovanne baixou a cabeça com a mão na testa, envergonhado com o lapso.

— Mas tá valendo — concluiu Vicenza. — Sabia que o Peninha fez essa música inspirado em uma conversa da filha com o namorado, na época que ela era adolescente?

Não, o executivo não sabia.

— Tem alguma coisa que você não sabe?

— Não sei se você é ou não meu pai. Mas tô adorando te conhecer.

Foi a vez de Vicenza cobrir o coração de Giovanne. E ele adorou. Antes de fechar a porta do quarto, avisou:

— Vou ouvir essa música antes de dormir. Eu amo.

– Também amo.

– Boa noite, Vicenza.

– Boa noite, Giovanne.

Vicenza apagou. Dormiu feito pedra naquela cama macia em meio a lençóis que certamente custavam os olhos da cara.

Mas, se a noite foi suave, a manhã foi... assim... um pouco diferente. Vicenza acordou com o sol entrando inclemente no quarto, assim como Marta.

É, Marta.

– EU POSSO SABER O QUE VOCÊ TÁ FAZENDO NO QUARTO DO MEU FILHO?! – perguntou a ex de Giovanne, assim, em caixa-alta mesmo, enquanto abria a cortina com brutalidade.

Nossa heroína não acreditou no que viu: uma mulher loira, muitíssimo maquiada e com cara de poucos amigos, em pé ao lado de sua cama, indignada ao lado de dois garotos de olhar assustado.

– QUEM. É. VOCÊEEE?!?!

É, ela gostava mesmo de falar em caixa-alta, não tem jeito, não posso fazer nada em relação a isso, só estou narrando os fatos, já disse.

Bem quando a megera, digo, a loira ia mandar outra pergunta (ou xingamento, vai saber, a veia no meio da testa a fazia parecer um unicórnio enraivecido), Giovanne adentrou o quarto esbaforido, tirando remela do olho, limpando a baba e checando o próprio bafo:

– Marta! Crianças! Calma, gente, eu posso explicar! – avisou.

Vicenza estava assustada. Nunca ninguém tinha falado com ela usando tanta violência verbal, tanta raiva...

— Por favor, então EXPLICA! – pediu Marta, agora misturando caixa-baixa com caixa-alta, ufa, graças a Deus, sinal de que o clima podia melhorar. – Não é todo dia que o Rael vem aqui e dá de cara com a BELA ADORMECIDA na cama dele!

Giovanne estava ofegante, parecendo ter corrido uma maratona. Buscava palavras, gestos e fôlego para botar para fora o que precisava ser dito.

— Gui, Rael, Marta... Essa é a Vicenza e... ela pode ser minha filha.

Vráááááá!

Segundos de silêncio. Poucos, porque Marta, já deu para perceber, não era dada a ausência de berros.

— Sua o quê?! Como é que é, Giovanne?

Ô-ou... que situação...! E pensar que a garota foi dormir tão felizinha com aquele pijamão do pai, digo, de Giovanne.

— Calma! Vamos lá fora que eu explico – disse Giovanne, tirando Marta do quarto e deixando Vicenza sozinha com os irmãos, digo, meninos.

Os dois a encaravam com olhos de farol. Até ontem, eram só eles dois. Agora... agora eles podiam ter uma irmã? Mais velha?

"#sonho", pensou Gui, o mais novo.

— Você vai morar aqui? – quis saber Rael, de 12 anos.

— Você sabe jogar Fortnite? – indagou Guilherme, de 9.

— Ou Fifa? – Rael entrou no interrogatório.

— Gosta do Luccas Neto? – questionou Gui, fã número 1 do youtuber.

– Você é rubro-negra? – perguntou Rael, flamenguista roxo. – Pega onda?

– Cê é boa em matemática? – questionou Gui, curiosíssimo pela resposta.

Vicenza estava atônita. Ainda não havia conseguido digerir o escândalo matinal ao qual havia sido submetida e agora tinha que responder àquele bando de perguntas. Olhou para eles com carinho. "Que fofonildos!", pensou. "Não têm culpa de ter essa mãe que fala 17 mil decibéis acima do aceitável." Teve pena do Giovanne e se perguntou por que um cara tão bacana teria se apaixonado por aquela demônia com voz de pato desprestigiado.

– É... Vamos lá! Não, eu não vou morar aqui, não conheço esses jogos, gosto do Luccas Neto, não torço pra nenhum time, e topo ser Flamengo se você quiser. Ah! E sou bem boa em matemática.

Vicenza riu com o "Yes!" empolgado que Gui fez com o braço, imaginando que seus problemas com números tinham acabado de acabar. Mas seu semblante logo mudou quando voltou a ouvir os gritos da descontrolada e fora da casinha Marta que vinham lá da sala. E deu uma saudade de Raion, a mãe maluquete de quem ela amava ser filha, e que tinha a fala mansa e muito carinhosa.

– Tá na cara que essa menina só quer seu dinheiro, Giovanne!

Dinheiro. D-i-n-h-e-i-r-o. A palavra caiu como uma bomba na mente da nossa heroína, tão pura e zero ligada em cifrões. Os olhos de Vicenza se encheram d'água.

– Fala baixo, não é nada disso! Por que é que você acha que tudo gira em torno de dinheiro?

— PORQUE GIRA!!!

Tentando disfarçar seu desconforto, Vicenza pediu delicadamente aos meninos que eles saíssem para ela trocar de roupa. Ofendida, saiu do quarto e viu que a peleja entre seu provável pai e a ex-mulher dele estava longe de acabar. Sem que nenhum dos dois percebesse, ela abriu a porta e, de fininho, deixou o apartamento. Que começo triste de manhã.

Ó céus, ó dúvida!

De volta à sede do "Ameba Desnuda", Vicenza se arriscava fazendo manobras circenses no tecido que pendia do teto enquanto conversava com Cadu. E mesmo com pouquíssimo tempo de treino, não é que a menina levava jeito para a prática acrobática?

– Não dava pra ficar lá com a mulher duvidando do meu caráter – explicou para Cadu, de cabeça para baixo.

Em um embalo, subiu o tronco e fez do tecido um balanço.

– Não pensa mais nessa mulher, não... Ela só falou isso porque não te conhece e não sabe o anjo que você é.

Os olhos de Vicenza sorriram espremidinhos.

– Anjo? – repetiu ela, toda boba.

– Anjo, sim. O mais bonito que eu já vi – falou Cadu, com os olhos vidrados nos dela – Que bom que você voltou pra cá, tava sentindo sua falta já.

E então ele, timidamente, se aproximou dela, com o coração acelerando a cada passo, e com olhos nos olhos de Vicenza, e com olhos na boca de Vicenza, olhos nos olhos, olhos na boca, olhos nos olhos, olhos na boc...

PLIM!

O celular apitou. Nossa heroína saiu do transe romântico e do balanço improvisado em um pulo para ver quem era. E abriu um sorriso gigante quando leu o que estava escrito.

Paco
Psiu! Taí? Vamos passear?

Ao observar a reação de Vicenza, que chegou a suspirar com a mensagem, Cadu não se aguentou:

– Quem foi que te deixou feliz assim?

– O Paco! Ele quer passear comigo! – respondeu, com alegria inconteste, enquanto ia para seu quarto se arrumar.

Mas Cadu tinha outra pergunta que não queria calar.

– Cê vai falar pra ele do Giovanne?

Vicenza estancou. Ela não tinha parado para pensar direito naquilo. Ou tinha, inconscientemente, botado a questão para baixo do tapete.

– Eu... eu quero falar, mas... eu não quero magoar o Paco. Eu tenho certeza de que ele vai ficar triste, e eu não quero ser a pessoa que faz o Paco ficar triste.

Que frase mais linda. Vicenza gostava mesmo daquele cara...

– Tendi. E para o Giovanne? Cê vai falar do Paco?

– Ai, Cadu, que difícil! Não sei! – reagiu ela. – Ele é tão legal! O que é que eu faço? Me ajuda!

– Olha, pelo pouco que eu te conheço, acho que você deveria falar a verdade para os dois.

Betina, que estava por perto ajudando uma aluna iniciante a se enrolar no tecido, incentivou a menina a continuar e foi até o irmão sem a menor cerimônia.

– Tá doido, irmão?

Cadu e Vicenza olharam espantados para Betina

– Que foi?

– Cê tava ouvindo a nossa conversa? – perguntou a garota, sem disfarçar o espanto com a falta de educação.

– Tava escutando a conversa de vocês, desculpa, eu sou fofoqueira, é mais forte que eu.

– Betina! – bronqueou o rapaz, decepcionado com a atitude da irmã.

– Desculpa, gente, eu tava doida pra saber dessa treta – falou Betina, sincera. – Cara, eu se fosse você, não contava nada pra nenhum dos dois.

– Mas eu odeio mentir! Nem sei fazer isso – reagiu Vicenza.

Ao que Betina retrucou:

– Primeiro que você não vai mentir, vai omitir. Segundo que quando você mente com boa intenção, é como se fosse uma verdade reciclada, entende? Pra que botar em risco tudo que você tá criando com eles?

– Betina!!! – fez Cadu.

– Que foi? Tô falando alguma mentira?

Pai em dobro

O passeio com Paco foi de uma fofura só. O artista levou Vicenza a uma charmosa loja de roupas em Santa Teresa, que ficava a poucos metros da casa dele. O candidato a pai resolveu levar a menina para um momento parecido com aquele que Julia Roberts viveu em *Uma linda mulher*, clássico e delicioso filme lááá dos anos 1990. Entrando e saindo da cabine, a cada momento com um look diferente, Vicenza ria toda abobada com a iniciativa do pai, digo, do artista plástico. A diferença entre a cena do filme e a da vida da nossa protagonista é que ela não estava brincando de modelo com um quase apaixonado Richard Gere. Muito, muito melhor que isso era passar a tarde com um indisfarçavelmente babão Paco, que opinava efusivamente sobre cada roupa vestida pela menina.

Na hora de pagar, ele se tocou de que nem em 12 vezes sem juros a compra ficaria leve para seu bolso falido. E a garota se desfez de chapéu, óculos e dois vestidos. Mesmo assim, os presentes serviriam para dar uma boa renovada no seu guarda-roupas. E ainda dessa maneira, a conta ficou pesada.

— Eu te dou um desconto, Paco. E faço em dez vezes pra você, vai... – disse, dengosa, a vendedora.

— Ô, Marcela, sério? — retrucou ele, sedutor.

(Aquele ali seduzia até garrafa PET, impressionante.)

— Mariana, Paco. Eu me chamo Mariana.

— Isso! Mariana, foi o que eu disse.

E nem a troca de nomes fez Marc... Mariana hesitar em cumprir o prometido. Deu desconto e parcelou em dez vezes sem juros.

Vicenza riu, gaiata, entendendo tudo.

— Que foi? — ele perguntou, ao ver o risinho da fil... da jovem.

— Nada, Paco, nada — respondeu ela sorrindo.

E nessa hora, seu celular apitou.

PLIM!

Giovanne

Vamos fazer alguma coisa amanhã? Eu estou te devendo desculpas

Suas mãos suaram, o coração fez duzentos polichinelos em um segundo e no semblante leve de sempre nasceu uma preocupação legítima. "O Paco não pode ver isso!". Mas Paco tinha visto.

— Ei, ei! Que é isso aí? Posso saber?

Vicenza engoliu em seco, com o coração disparado. "Ai, meu Deus, ele leu! E agora?".

— Que carinha felizinha é essa? É namorado?

"Ufa!", fez a atarantada cabeça da menina.

— Não! Tá doido?

— Vicenza...

— Eu não tenho namorado!

— Olha lá! Olha lá!

Aproveitando a deixa, a garota se afastou de Paco, que ainda efetuava o pagamento, para responder a mensagem.

Vicenza
Vamos! Vamos sair amanhã, sim! 😀 😊

Ah, sim, Vicenza era dessas que pontuam corretamente as mensagens do WhatsApp. Escrever sem vírgula, nem pensar. Assim que ela botou o telefone na bolsa, Paco a abraçou por trás, dando um beijo em sua bochecha. Ela o abraçou de volta tão apertado... e assim, abraçadinhos e muito felizes, os dois caminharam pelas ladeiras de Santa como velhos amigos. Era como se ela estivesse matando a saudade do que não viveu em dezoito anos.

— Não era namorado mesmo não, né? — implicou Paco.

— Não eraaaaa! — riu Vicenza.

E ele riu com ela.

"Ela me faz tão bem...", concluiu Paco, com os olhos brilhando, e cada célula do corpo vibrando por estar na melhor companhia que ele podia ter. Fazia muito tempo que ele não se sentia tão confortável na sua própria pele. Então veio a música do Lulu Santos na sua cabeça, aquela que diz como é ficar por aí, de bar em bar, se sentindo mal. Perdido e sozinho...

Quem nunca?!

E nunca uma música combinou tanto com um momento. Foi exatamente quando estava se sentindo o protagonista da canção que aquela menina especial chegou em sua vida.

Ela gostava de estar com ele, ele gostava de estar com ela. Eles faziam tão, tão bem um ao outro...

E como ele queria bem àquela menina... Vicenza, para ele, era uma obra-prima.

Difícil (e ao mesmo tempo emocionante) acreditar que ela podia ter pinceladas dele, que se considerava tão imperfeito, tão inseguro, tão vulgar.

Na tarde do dia seguinte, Vicenza e Giovanne, ainda constrangido pelo vexame que Marta havia dado, caminharam caladinhos entre as barracas de uma cheirosa feira orgânica. "Quase tem o cheiro da horta da Universo Cósmico", pensou a jovem, mas não, não chegava a tanto, mesmo. Era cheiro de saudade o que ela estava sentindo.

O silêncio era amigável, não passava pelo desconforto, mas uma hora teria que acabar. Pararam em uma barraca cheia de verdes: brócolis, agrião, pepino, pimentão. Com zero sutileza, Giovanne tacou um baby agrião praticamente narina adentro da garota, que riu.

– Olha que maravilha o cheiro disso aqui, pelo amor de Deus!!!

O executivo acelerado era mesmo apaixonado por comida, e por seus odores, cores e sabores. Aproveitando a risada da menina, ele enfim puxou o assunto que estava debaixo do tapete:

– Queria pedir desculpas, Vicenza. Pela Marta e por mim. Eu não...

Ela o cortou na hora.

– Tá tudo certo. A gente fala coisas ruins sem pensar às vezes, né?

Foi difícil para Giovanne esconder o susto que levou com a última frase. Aquela menina de 18 anos tinha a maturidade que muita gente de 80 não conseguia ter. Respirou fundo e repetiu, para que ficasse bem claro:

– Desculpa?

– Tá desculpado! – disse Vicenza, sorriso sincero nos lábios. E logo mudou de assunto – Cadê os meninos?

– Marquei com eles semana que vem. Eu precisava ficar sozinho.

Ele, então, fez uma pausa, puxou o ar e falou com a voz embargada:

– Você não pode imaginar como tá minha cabeça com a possibilidade de ter uma filha.

Ela não esperava ouvir aquilo, ainda mais de forma tão amorosa. Sorriu com os olhos e deu um beijo no executivo gente boa, que ficou sem graça e timidamente feliz.

– Olha que beringela linda, *Jesuis* amado! – disse ele, empolgado como criança ao ganhar brinquedo novo.

A jovem percebeu que era divertido ir à feira com Giovanne. Ao contrário de Paco, que era da noite, Giovanne era do dia. E pragmático, certinho, daquele tipo que acha que mostrar as emoções denota fraqueza. Paco não. Era intenso, intuitivo, do tipo que chora em público, que vai dormir com o dia amanhecendo porque estava inspirado pintando, diz eu te amo para quem ama (e, quando bebe, para quem não ama também).

E, nesse momento fofura, quando ela comparava Paco e Giovanne, o celular de Vicenza vibrou.

Paco
Bora passear no museu amanhã?

O coração de Vicenza disparou. A garota era simplesmente apaixonada por esse "passear" de Paco, tão carinhoso e simpático, como o olhar dele para ela nos últimos tempos. Aliás, os olhos sublinhados do artista viravam paz quando viam Vicenza. Ela mal desconfiava que sua simples presença aplacava o furacão presente no estômago de Paco. Furacão de um vento quente, assustador, avassalador, angustiante. Artistas e angústia têm uma relação que dá *match* desde que o mundo é mundo, né?

Um dos possíveis pais da jovem, Paco parou de pintar quando viu sua obra virar "poeira", como ele acredita até hoje, ao estampar cadernos, mochilas, objetos de decoração, marcas de cursos chinfrins. Não era para isso que ele transformava inspiração em arte desde sempre, porque sua obra era profunda como sua alma, ele achava.

Com a popularização de seu traço, veio um monte de dinheiro, fama, entrevistas, mulheres, festas (como ele gostava delas!), birita (disso, então, ô se gostava!), noites mal dormidas. Os boletos em dia davam uma sensação boa, claro, rara para a grande maioria que vive de arte no Brasil, mas ao mesmo tempo Paco se sentia "vendido ao sistema", como ele dizia ao terapeuta. E aí ele foi parando de pintar, parando de ter inspiração e, pior, parando de ter *vontade* de pintar. Era como se sua cabeça tivesse ficado vazia, e isso, pode acreditar, é o pior desespero de quem cria. O pior.

Para que Giovanne não percebesse a troca de mensagens dela com Paco, Vicenza se afastou um pouco para responder:

Vicenza
Vamos!!!!!!! Vamos passear!!! 😎

E ela sorriu suspirando antes de voltar para perto de Giovanne, aquele homem do riso frouxo, bochecha de criança – com direito a covinha muito da *butitinha* – e olhar de mar calmo. Vicenza o adorava.

Em que situação ela tinha se metido...

Não! Não era hora de pensar nisso! Era hora de focar naquela tarde incrível com Giovanne, ela sabia. Mas como não se animar para ir a um MUSEU com o PACO?!

No dia seguinte, Vicenza e Paco caminhavam cúmplices pelo Museu Nacional de Belas Artes, no Centro do Rio de Janeiro. Ficou claro como água que ele estava muito feliz de apresentar um museu tão importante para a fil... digo, a menina. Era gostoso para ele contar as histórias por trás dos quadros e as curiosidades sobre os artistas, falar das técnicas usadas por eles. Aquela tarde era uma aula, era uma visita guiada, era o melhor programa do mundo para Vicenza até ali.

Quem olhasse, pararia e pensaria na hora: pai e filha. Mas quem parou foi o tempo quando os dois deram de cara com "Independência ou Morte", de Pedro Américo.

— Você sabia que o Picasso, antes de virar cubista, era totalmente acadêmico? Ele gostava *desse* tipo de pintura – falou, mostrando o quadro à frente deles. – De ver e de fazer.

— Que demais!

— E sabe quem foi o maior ídolo do Picasso?

— Quem?

Paco deu uma respirada antes de responder.

— O pai dele.

Os dois tiveram um breve momento de cumplicidade, e o semblante da jovem mudou. Como ele já conhecia a verve perguntadeira da garota, não era difícil perceber o que estava por vir.

— Você se dá bem com seu pai?

A memória de Paco foi lá para aquele passado que não morre nunca dentro da gente. Ele sempre se sentiu amado, amparado e protegido, mas desestimulado pelo pai. E se sentia culpado por não ser o filho que seu progenitor gostaria de ter tido.

— A gente se fala, pouco, mas fala umas duas, três vezes por ano. E tudo bem.

Delicadamente, Vicenza pegou na mão de Paco e olhou bem fundo no preto dos olhos dele.

— Olha só, não ter uma relação incrível com seu pai não é o ideal, claro, mas tá longe de ser uma coisa recriminável – falou ela, aquele poço de sabedoria. – Vocês tentaram ter uma relação melhor?

— Eu tentei. Muito. Acho que ele também. Talvez... Sei lá. Talvez nosso santo não bata muito...

– Eu tenho uma amiga que também não se dá tão bem com o pai. Tem gente que torce o nariz, mas eu não julgo – falou ela. – Paco, só você e o seu pai sabem o que vocês passaram, o que vocês construíram um com o outro.

O artista olhou ressabiado para a jovem. Onde ela escondia o sábio de provérbio chinês que vivia dentro dela?

– Cê acha?

– Acho. Por que vocês têm que se obrigar a ter uma relação incrível? Só porque um tem o título de pai e o outro de filho?

Era tão óbvio, mas Paco nunca tinha pensado nisso.

– Pai é quem quer estar perto, é quem cuida, quem educa, quem passa para os filhos valores, princípios... Os pais têm que criar vínculos com a gente – ensinou. – Sempre penso que eu seria mega amiga da minha mãe se eu não fosse filha dela. Isso se chama vínculo. Minha mãe é minha melhor amiga. E seria mesmo se não fosse minha mãe. Fim.

Paco ouviu tudo meio atônito. Mal conseguia disfarçar o espanto com tanta maturidade.

– Que bacana ouvir isso, Vicenza.

– É o que dizem, pai é quem cria!

– É! – concordou Paco. – E você... teve alguma figura paterna lá na Universo Cósmico?

Vicenza fechou o semblante para dizer que...

– Não, nunca tive nada perto de um pai. Até por isso que eu tô aqui, né? Nunca tive nem padrasto. Minha mãe não é de namorar, ela é mais de... trocar energia com as pessoas, de deixar o universo fluir dentro dela, seja lá o que isso signifique...

Paco achou graça. Raion não tinha mudado nada.

– Eu amo tanto a minha mãe, Paco... tenho tanto orgulho dela...

Então o artista foi de novo lá para o tal passado, quando tudo o que o Paco adolescente queria era que o pai tivesse orgulho dele. Ele já morria de orgulho daquela menina, da sua alma, do seu talento, da artista que ela era. Mas... e ela?

– Será que um dia você vai ter orgulho de mim? – Ele pensou em voz alta.

– Eu já morro de orgulho de você! – respondeu uma vibrante Vicenza. – Do seu talento, da sua alma, do artista que você é.

Então tá, né? Sintonia é o nome disso. Eu acho. Ou é negócio de pai e filha mesmo, vai saber?

Os dois se entreolharam por infinitos segundos. Mal piscavam. Era um olhar tão terno, tão doce, tão...

PLIM!

Aproveitando que Paco estava meio que hipnotizado com o que ela tinha dito, Vicenza afastou-se para ler e, claro, responder a mensagem, que não poderia ser de outra pessoa, senão...

Giovanne
Tem programa pra amanhã à tarde?

Vicenza
Não!

Giovanne
Posso te levar em um lugar muito bacana?

Vicenza
Podeeeeee! 🤾

Mas a mensagem que chegou em seguida a deixou ainda mais ansiosa para a ocasião. Ele pedia que ela fosse de biquíni.

Vicenza
Praia?

Giovanne
Surpresa!

Vicenza
🙂

O dia amanheceu muito bonito, com aquele sol de rachar que carioca adora e um céu sem uma única nuvem para contar história. Desde que Vicenza pulou da cama, estava curiosa, pensando em qual seria o lugar para o qual Giovanne a levaria.

Quando o carro foi se aproximando do tal local misterioso, a moça não acreditou! Ela reconheceu o barulho, o cheiro de mato, a temperatura mais baixa... era a cachoeira do Paco! A *cachu*. Que coincidência!

— Foi sua mãe que me apresentou este lugar – contou Giovanne.

— Olha só... – disse ela, fingindo espanto e encantamento, como se nunca tivesse ido lá.

E sentiu o estômago queimar depois. Ela odiava agir assim... Sentia-se muito mal mesmo. E o medo de perder a confiança dos dois? Agora já não dava para contar, ela acreditava.

Então quer dizer que a *cachu* do Paco era também do Giovanne? Espera aí! Paco apresentou o lugar para Raion e Raion para Giovanne! Humm... No mínimo, curioso, não? Vicenza disfarçou bem.

— Depois que sua mãe foi embora, eu nunca mais tinha vindo aqui.

— Entendi... Bora mergulhar?

— Não vou, não. Tenho pavor de água fria...

— Ah, para! – riu a menina. – Vai dizer que quando for na Universo Cósmico me visitar você não vai tomar banho de rio? Eu te proíbo, Giovanne!

Os olhos de Giovanne pararam de piscar por um momento. E talvez, *talvez*, ele tenha ficado sem respirar por uns segundos também.

— Você... v-você vai querer que eu te visite? – perguntou, com os olhos brilhando feito duas bolas de gude *glitterizadas*.

— Ué... claro! – respondeu ela, antes de mergulhar naquela água macia, como o coração daquele mauricinho de quem ela gostava mais a cada dia.

Já fora da água, a garota quis saber mais do homem grande com olhar de gente pequena.

— Por que você não teve filhos com a Marta?

— Ah, quando a gente se casou ela já tinha os dois meninos, e eu fui me encantando com a paternagem...

— Paternagem? Paternidade, né?

— Não, foi paternagem mesmo. É diferente de paternidade. Paternidade é só o vínculo sanguíneo que liga pais e filhos. Paternagem é querer estar perto, querer cuidar, educar...

Os olhos da moça brilharam. Ela nem sabia que existia essa palavra, *paternagem*, e falava justamente sobre isso com Paco no dia anterior. Que coincidência!

— Então cê tá dizendo que a vida te deu dois filhos?

— Dois filhos incríveis, diga-se de passagem.

— Que lindo, Giovanne.

Ela sorriu e engoliu em seco antes de falar.

— E agora a vida te dá outra filha, quer dizer, uma possível filha. De quem você também não pediu pra ser pai.

— E eu tô amando essa possibilidade – reagiu Giovanne, derretido. – Eu sempre quis ter um filho. Mas aí os meninos foram crescendo, o casamento com a Marta encolhendo... e acabou que a gente se separou sem nem cogitar reproduzir. E agora, além dos dois meninos, eu tenho uma moça de 18 anos.

— Tem... – disse Vicenza, absolutamente encantada.

— Uma moça muito especial – disse ele, todo emocionadinho. – A vida é muito boa comigo...

Ela agradeceu sorrindo e chamou Giovanne para um mergulho, mas seu pedido foi veementemente negado.

— Vem! Nem tá tão fria...

— Acredito em você. Vai fundo! – brincou ele.

Quando disse isso, sacou o celular para fazer foto da sua pequena sereia (tanto ele quanto Paco enxergavam Vicenza como se ela fosse uma criança, embora ela fosse mais madura que os dois juntos). Era bonito ver como a menina e a natureza se encaixavam tão perfeitamente.

— Quer fazer comigo um dos programas que eu mais amo? – indagou Giovanne, quando a tarde já estava caindo e o friozinho aumentando.

— Claro que quero! – respondeu Vicenza, empolgada. – Quero fazer tudo que você ama.

Aaaaaaaah! Aquela menina não existia! Aposto que tem leitor aí querendo colocar a Vicenza num potinho! Aposto!

— Vamos em uma degustação de queijos e vinhos, então?

— Vinho? – Vicenza franziu a cara.

— É orgânico! – Giovanne fez graça.

Os dois riram e deixaram a *cachu* do Paco, da Raion, do Giovanne e agora da Vicenza para trás.

No carro, o som de Zélia Duncan embalava os dois com uma música certeira, cujos versos iniciais traduziam aquele dia.

Eles também queriam descobrir em um único dia tudo o que o outro gostava. Giovanne queria saber o que fazia Vicenza rir. Vicenza queria saber o que Giovanne já tinha feito na vida. De preferência bem rápido, e que em um mês eles conhecessem um ao outro como se sempre tivessem se conhecido.

A letra era exatamente o que eles estavam pensando. Era muito tempo perdido, mas também um tantão de tempo pela frente para ser aproveitado.

Enquanto Giovanne tentava se entender com o Waze para não errar o caminho, Vicenza trocava mensagens com Paco. O dia seguinte seria de ioga com ele. A quarta aula que ela daria para aquele artista duro, desequilibrado e desengonçado, mas com muita vontade de aprender.

A sala antes bagunçada de Paco era excelente para a prática milenar que Vicenza tanto amava e que ele, aluno aplicado, agora aprendia com ela. A luz que entrava suave pela fresta da janela tornava aquela tarde mais aconchegante ainda.

Começaram com a saudação ao sol, uma sequência de posturas que mexe com o corpo todo, ativa a circulação, oxigena os pulmões... enfim. Se é um baita de um exercício para qualquer mortal, imagine para Paco, que era peladeiro de fim de semana, cervejeiro convicto e sedentário por opção. Fazer as posições era um pesadelo, uma provação, uma espécie de castigo divino para o artista, e justamente por isso era tão bonito vê-lo se empenhando tanto para melhorar, praticando sozinho, lendo sobre o assunto...

– Tô gostando de ver! Tá respirando direitinho, hein, seu Paco? – falou Vicenza, orgulhosa dele, que a cada aula estava mais aplicado e flexível.

Paco olhou pra ela todo-todo com o elogio. Encheu o pulmão com a alegria que sentiu e não prendeu o sorriso que veio com ela.

Endireitou a coluna, deixando-a mais ereta, e soltou o ar lentamente pelas narinas, sem conseguir parar de sorrir, não só pelo elogio, mas pelo conjunto da obra. Aquela tarde estava sendo mágica, como todos os momentos que passava com Vicenza.

– Eu tô com uma professora muito boa, depois te passo o contato dela – respondeu ele, orgulhoso de verdade da melhor professora que ele já tinha tido.

O peito da jovem se aqueceu de amor e de gratidão. E assim, nessa onda *iogue*, Paco deu um beijo na bochecha de Vicenza, que não se lembrava de ter ficado tão feliz com uma bitoca no rosto. Sem pensar, seguindo seu coração, imediatamente ela retribuiu com a mais incrível dupla de todos os tempos: beijo e abraço. Mesmo que meio de lado, tímido e breve, o gesto foi impactante para ambos, em uma troca de afeto espontânea, sem cobranças ou julgamentos.

– Bora fazer a postura do corvo, anda! – avisou ela, já demonstrando para ele como era uma das posturas mais difíceis da ioga.

E ele tentou, e caiu, e tentou de novo, e caiu de novo, e riu. Os dois riram muito e provavelmente fizeram mais de uma hora de aula.

O tempo voava quando estavam juntos, e isso era impressionante para ambos. Estavam em *shavásana*, a postura final da aula, quando os praticantes se deitam com olhos fechados e assim ficam por alguns instantes, já fazia uns dois minutos quando o celular de Vicenza tremeu.

Você já sabe quem era.

E assim se passaram os dias da menina que saiu de longe para conhecer um pai e agora se via à volta com dois.

E, verdade seja dita, ambos eram muito especiais. E por mais que a relação dela com eles melhorasse a cada dia, mais apreensiva Vicenza ficava. Era tensão, curiosidade e frio *giga* na barriga para saber quem era seu pai de verdade. Mas será que ela, amando tanto os dois, queria mesmo saber qual deles era o pai verdadeiro?

DNA

Em uma tarde sem graça como a luz branca do shopping em que passava a tarde com Cadu, Vicenza parecia uma criança. Era a primeira vez que ela pisava em um lugar daqueles, com tantas lojas, e roupas, e coisas, e vitrines, e letreiros berrantes, e gente. Os olhos dela brilhavam, sua cabeça fervia, e seu olfato... bom, o olfato dela reclamava.

– Que cheiro é esse, Cadu? – perguntou ela, com cara de quase-vômito.

Cadu não entendeu bem a pergunta. Estava mais que acostumado com aquele odor, mas Vicenza não, notava-se.

– Cheiro? Ué, cheiro de... p-praça de alimentação? – respondeu ele, com um ponto de interrogação mesmo no semblante. – Praça de alimentação, Vicenza, Vicenza, praça de alimentação.

– As pessoas COMEM aqui?

Vicenza estava muito, mas muito espantada mesmo. Nunca tinha sentido um cheiro tão forte, tão diferente e tão-tão-tão enjoativo.

– C-comem. Ó, tá todo mundo comendo.

Vicenza enrugou a cara.

– Preciso sair daqui.

– Tá. Me espera no corredor que eu vou comprar suco pra gente e já te encontro lá.

Quando Cadu chegou com os sucos (laranja com morango para ela, manga para ele), ela foi logo torcendo o nariz.

– Ai, meu Deus, o que foi agora? Tá fedendo o suco também? – perguntou ele, já cheirando os copos.

– Não! – fez a menina. – É porque não entendo ainda o povo usar canudo de plástico ou de papel se dá pra ter nosso próprio canudo – completou, com um inédito toque de irritação.

Dito isso, sacou da bolsa dois delicados canudos de bambu, usados por todos na Universo Cósmico: moradores, funcionários e hóspedes.

– Ecologicamente correto – falou, toda se gabando.

Os dois caminhavam em silêncio sobre o piso de mármore cafona quando Cadu notou uma tristezinha no rosto da amiga.

– Tá tudo bem?

– Tudo... – respondeu ela, mas sem muita convicção.

– É sobre o Paco e o Giovanne, né?

Ela respirou fundo antes de admitir que sim, era óbvio que era por causa deles.

– Você não vai falar nada para eles mesmo?

– Não consigo, Cadu. Eu não quero machucar nenhum dos dois!

– Entendi... e o que o seu coração diz, você que escuta tanto ele?

– Ele acha que meu pai é o Paco. Mas, às vezes, ele tem certeza de que é o Giovanne.

– Por que você não faz um teste de DNA? Cê sabe o que é isso, né?

– Olha só, Cadu, não ligar pra celular e não ter acesso ilimitado à tecnologia não faz de mim uma pessoa desinformada, tá? É óbvio que eu sei o que é teste de DNA. Mas não custa uma fortuna?

– Não, não custa mais. Já foi muito caro, mas agora qualquer um consegue fazer baratinho. Se você quiser, eu te ajudo. Olha, tem um site aqui que fala tud... – explicou ele, já pegando o celular para mostrar para a garota.

Digo, para *tentar* mostrar para ela, que àquela altura já estava bem longe dele.

– Vicenza!!! – gritou o garoto, quando a viu encantada andando de escada rolante, como se fosse brinquedo de parque de diversões.

– Olha que legal, Caduuuu! – ela berrou de volta, já quase chegando no andar de cima.

Parecia uma criança que pela primeira vez andava de montanha-russa. Tudo era muito novo para ela. Pense em alguém que só tinha internet direito no pico do Morro da Ribeira, que não ligava para celular mas sabia de tudo o que acontecia no mundo pelos livros e pelos jornais que Mãe Lua assinava para a comunidade.

Sim, Vicenza lia jornal. Deixa ela!

Cadu foi correndo atrás da menina, preocupado com que ela não se machucasse na escada. É, Cadu era bem fofo. E estava bem apaixonadinho. Nhom...

– Quando chegar lá, pula! – avisou ele.

– Pula? – retrucou ela. – Como pula? Aí pra baixo?

– Não, doida! Lá pra cima!

A sorte é que o shopping não estava cheio, era dia de semana, e Cadu pôde se esquivar facilmente dos poucos gatos pingados que iam para o piso superior de escada rolante.

Assim que pulou no andar de cima, Vicenza foi correndo descer de novo, parecendo que ela estava realmente vivendo uma enorme aventura. E ele, claro, foi atrás da criança.

– É só você coletar uma amost... – insistiu.

– Ai, Cadu, é muito louco andar num negócio que você só vê em filme!

Naquele momento, ela não estava NEM AÍ para o teste de DNA, a verdade era essa.

– Eu sei, eu imagino, mas para um pouco pra me escutar, vai!

– Não consigo! – disse ela, descendo os degraus.

Cadu finalmente conseguiu segurar Vicenza.

– Depois a gente brinca mais de escada rolante! – falou ele. – Sério, me escuta! Você só precisa de uma amostra de sangue, cabelo ou saliva de cada um para descobrir qual deles é seu pai biológico.

Pronto. Era simples, bem simples.

A brincadeira de criança deu lugar a um semblante preocupado no rosto da menina. Por que sua mãe nunca contou para ela quem era seu pai? Por que Raion teimava em não dizer o nome do seu progenitor? Seria tudo tão mais fácil... Mas também ela não conheceria Cadu e a turma toda do "Ameba".

I de Índia

Na Índia, no Ashram, Raion e seus olhos sempre curiosos assistiam ao discurso/pregação/palestra de Gurunanda, o famosíssimo guru/bruxo/cagador de regras da internet, falar através de um aparelho de TV. Sentada toda iogue, de perninhas cruzadas e polegares e indicadores unidos, ela estava indignada. Não aguentou e começou a comentar com as pessoas à sua volta, sussurrando para não atrapalhar os que respeitavam o silêncio imposto, sobre aquela sessão zen à distância.

– Vem cá, não é uma espécie de loucura a gente se despencar de todos os lugares do mundo aqui para a Índia pra falar por videoconferência com um cara que tá em Los Angeles? Eu tô achando isso um absur...

– Shhhhh!!!! – fez toda a turma.

Raion silenciou, acatando o pedido coletivo e pouco simpático de calar a boca. Mas não se aguentou. Era como os pais, esotérica até a página quatro.

– Mano, a bundinha dele tá lá sentadinha no macio em uma mansão com ar-condicionado, sem este calor dos infernos, sem mosca, e a gente aqui não pode nem espantar esses insetos que ficam voando!

Pai em dobro

Por quê? Porque não é "evoluído" espantar mosca. Quer saber? Caguei pra evolução! Eu não tenho autocontrole, eu quero matar essas fi...

– Cala a boca! – falou um brasileiro.

– Ommmmm! – fez o guru, pela tela da TV.

– Ommmmm! – a turma repetiu imediatamente na sala.

– Ommmmm! – Raion fez coro, olhando para os lados, contrariada e sem alternativa.

Para a mãe de Vicenza, o Ashram poderia ser conhecido como filial do inferno, tamanho o calor que fazia lá. Mais suada que maratonista em fim de prova, ela precisava se controlar para não se abanar com a bata que vestia. Lá o negócio era ficar imóvel, respirando vagarosamente e meditando ao som das palavras de ordem de Gurunanda, que, em um inglês macarrônico, dizia algo mais ou menos assim:

– Vamos prestar atenção aos insetos.

"Ooooi?", Raion perguntava-se mentalmente.

– Vamos respeitar os insetos, *people*! Inseto é vida, é luz, é natureza, é ancestralidade.

– Cê jura? – ela pensou, dessa vez em voz alta.

– Shhhhhh!!! – foi mais uma vez repreendida por todos.

"Chatos", resmungou mentalmente.

– E os insetos, vejam bem, *people*, também respiram! – continuou o guru. – Como nós, que estamos aqui para aprender a respirar.

"Nossa, que profundo! Só que não", ela resmungou de novo, agora só dentro da cabeça dela. Mas não se aguentou:

– Mas a gente já não nasce sabendo respirar, gente? Precisa aprender mais o quê? – Raion falou pra si mesma, em voz alta.

165

A voz de Gurunanda dava sono na mãe da nossa protagonista. O sotaque também a incomodava, assim como a pele do guru, sem um pingo de suor. E então ela voou para os dias quentes na Universo Cósmico, onde se refrescava no rio e no seu abençoado ar-condicionado. Que saudade ela estava sentindo daquilo. Não da comunidade. Do ar geladinho mesmo.

Enquanto os demais meditavam, embrenhando-se na busca pelo esvaziamento total da mente, Raion só pensava que assim que terminasse iria dar um Google para ver o nome do inventor do ar-condicionado, esse gênio, esse verdadeiro salvador de vidas.

– Inspiiiira... Expiiiira – dizia o, hum... mestre.

"Só não pira!", pensou ela, soltando um riso bobo, imediatamente repreendido pelos chatos, digo, meditativos companheiros de jornada espiritual.

"Saco!", Raion berrou em pensamento. "Até minha bunda tá suando! Não é possível que todo mundo esteja achando normal esse suadouro todo!"

E justamente quando seu pensamento, ao contrário do de todos ali, estava longe da paz de espírito por ela tão almejada no início de sua jornada, chegou em suas mãos um bilhete. Curiosa e feliz por receber uma mensagem, ela logo acendeu os olhinhos e abriu o papel. E gritou. E ouviu shhhh! E gritou de novo! E tome shhhhh!

– Minha filha sumiu!!

– Shhhh!

– Que shhh o quê!! Minha filha sumiu! *My daughter desapalreceu! Hello!* Vê se eu consigo ser zen numa hora dessas? Bando de louco insensível, que venera guru de internet que nem aqui está. Vão se catar! Sai da minha frente! – falou Raion, levantando-se.

Marchou emburrada feito criança contrariada, mas freou ao passar por um cabeludo de cavanhaque que tinha lá seus 30 e poucos anos e para quem ela pre-ci-sa-va dar um ensinamento importante.

– E olha só, na boa! O seu cabelo *fede*! E isso não é normal! Você pode não ter, mas as pessoas aqui têm olfato!

Pena que o dito-cujo não falava português.

Ao dizer isso, voou pela porta, acelerada que só ela.

Era preciso fazer algo. E depressa.

Os canudos ecológicos

Era crescente a cumplicidade entre Paco e Vicenza. Os dois pintando juntos era, assim, sei lá, uma cena de filme, de tão orquestrada que parecia. Uma coreografia de gestos e cores e olhares e sorrisos que deixaria babando de inveja uma Deborah Colker da vida.

A casa do artista onde nossa heroína batia o ponto praticamente todos os dias era uma espécie de QG da dupla. Antes ou depois de passear, os dois ficavam um tempo batendo papo naquele espaço de vista bonita e decoração descolada.

Paco estava radiante por ter voltado a produzir, e do jeito que ele mais gostava: frenético, desenfreado, desafiado, inspirado até a raiz do cabelo grisalho. O ateliê agora estava cheio de obras novas, uma explosão de cores e texturas.

Vicenza amava ver o artista pintando. Era inspirador e encantador ver os olhos dele brilhando enquanto criava. Com o calor do verão carioca entrando pela janela, Paco fez uma pausa na pintura e, com o antebraço, enxugou o suor da testa.

– Parou por quê? Tá ficando lindo...

– Deu sede – disse ele, já se encaminhando para a cozinha.

– Espera! Eu faço um suco verde pra você.

– Suco verde? – repetiu Paco, tentando disfarçar a cara feia. Ele odiava aquele suco com todas as suas vísceras. – Não, deixa eu pegar água mesmo.

– Não, senhor! Volta pra sua tela que eu cuido da sua sede.

Então tá, né? Ele já tinha entendido que não conseguia dizer não para a garota. Nem para aquela gosma horrorosa que ela tanto amava fazer para ele.

– Vou fazer pra gente.

– Hum... – reagiu Paco, fingindo entusiasmo, mas já triste por saber que tomaria, mais uma vez a contragosto, a bebida pela qual Vicenza era tão apaixonada.

E era tão lindinho ver a menina preparando o suco... dava para ver que ela colocava ali todo o amor do mundo. Era imprescindível para ela que ele gostasse.

Quando terminou de preparar, pegou um canudinho ecológico, pôs na bebida e levou para Paco.

– Humm, boooom – fez Paco, ao dar o primeiro gole, mentindo mal demais.

Vicenza riu.

– Jura que não tá bom? Botei mais maçã dessa vez.

– Tá ótimo, Vicenza! Maravilhoso!!! – Ele tentou fingir mais uma vez, sem conseguir terminar o tal suco (ele nunca conseguiu).

Disse que ia ao banheiro, mas não foi fazer xixi. Foi mesmo escovar os dentes e a língua para tirar da boca aquele gosto pavoroso de árvore mofada. Vicenza adorou a saída do artista, e imediatamente pegou o canudo, botou dentro de saquinho plástico e... pronto! Já tinha o que precisava para mandar para o laboratório.

Faltava agora a saliva de Giovanne.

Aproveitando a ausência do seu artista plástico preferido, pegou o telefone e digitou:

Vicenza
Bora tomar aquele milk-shake que você falou outro dia?

Giovanne
Bora!!! Saio do trabalho às seis e meia em ponto. Te pego aí 15 pras 7, tá?

Vicenza
Oba! Feshow! ;)

Feito! Naquele dia mesmo ela teria material dos dois "pais" para o exame de DNA que mudaria o rumo de sua vida.

Ela ficou mais um pouquinho com Paco e, quando começou a se ajeitar para ir embora (afinal, precisava se arrumar para sair com seu outro pai. Digo, amigo. Digo, possível pai. Afe! Sigamos!), Paco reclamou:

– Mas já?

Nhom... Ele queria ficar de grude com ela!

– Já... – respondeu Vicenza, tristinha e um bocadinho culpada. – Mas, poxa, já faz mais de três horas que tô aqui.

– Jura? Nem percebi que passou tanto tempo. Com você as horas passam rápido.

Ah, gente... Vicenza suspirou. Ela amava essas demonstrações de carinho. Quem não gosta de carinho, né?

Ela até pensou em dizer que teria uma noite de jogatina com a galera do bloco, mas mentir não era mesmo seu forte. Engoliu a mentira antes mesmo que ela brotasse na sua boca, foi até Paco se despedir e tascou um beijo na bochecha dele, que sempre sorria, todo bobo, quando ela fazia isso.

Às quinze para as sete da noite, em ponto, o Land Rover prata de Giovanne parava em frente à sede do "Ameba Desnuda". Em pouco tempo, eles estavam na Colombo, a confeitaria mais famosa do Brasil, e certamente uma das mais lindas do mundo, uma construção inaugurada em 1894, patrimônio artístico e cultural do Rio de Janeiro. Giovanne estava promovendo naquela tarde um bem para o estômago de Vicenza e outro para as retinas dela.

– Que lindo aqui! – elogiou a menina, embasbacada ao se deparar com os móveis de jacarandá, com o pé direito altíssimo, com os espelhos...

– Só não é mais lindo que você... – rebateu Giovanne, como que hipnotizado por Vicenza, que, por sua vez, estava hipnotizada por estar em um lugar tão especial, em companhia tão especial.

– Aqui é um dos maiores pontos turísticos da cidade. Esse café tem história – contou.

Os dois sentaram-se numa das poucas mesas vagas. Era hora de *happy hour*, então turistas e cariocas se aglomeravam para fazer *selfies*, e comer ou se deliciar com o famoso milk-shake de lá. Bom, pelo menos para o executivo mais boa praça de que se tem notícia, era. Famoso e de-li-ci-o-so.

– O leite que usam nos milk-shakes aqui não é de verdade, é?

– D-de verdade? Como assim? – retrucou Giovanne, ressabiado.

– É que eu só bebo leite de vaca. Todo mundo lá na Universo Cósmico só bebe leite de vaca.

– Isso é um luxo – elogiou, quase com um pingo de inveja.

– Eu sei! – sorriu Vicenza, totalmente ciente do quão privilegiada ela era por ter uma alimentação tão saudável.

– O daqui provavelmente é o de caixinha.

– Ah, não é leite então. É outra coisa.

– É... É outra coisa... Mas misturando tudo fica bom à beça. Irado, como dizem vocês.

– Vocês quem? – perguntou Vicenza, sinceramente curiosa.

– V-você... vocês adolescentes... Dezoito anos é adolescente ainda, né? Não... Ou é? Vocês não falam irado?

Vicenza riu.

– Não. Acho que não. Sei lá. Eu não falo.

Giovanne ficou constrangido.

– Paguei de tiozão agora.

Ele envergonhou-se, chegando a corar. Bonitinho. Vicenza riu e acho tudo uma graça. Era bonito ver que ele queria se aproximar dela, do mundo dela, das palavras usadas por ela. Resumindo: Giovanne queria se sentir pertencente ao mundo da fi... garota.

– Não pagou de tiozão, não – Vicenza riu. – E olha, não tenho o menor problema com irado. Se você quiser, eu falo irado a cada três palavras!

Ah-que-coisa-marfofa!

Giovanne se encantou com a delicadeza de Vicenza. Ela era mesmo especial.

O milk-shake, enfim, chegou, e antes que o executivo desse seu primeiro gole, Vicenza chamou sua atenção.

– Não, tira esse canudo! Vamos beber nesse canudo aqui ecológico.

– Hum... Gostei de ver! – elogiou Giovanne. – É de bambu?

– Arrã. Fazem lá na comunidade.

Quer dizer que além de tudo sua possível filha era ecologicamente correta! Que defeito teria aquela menina? De que material raro ela tinha sido feita? Enquanto conjecturava, o executivo bebeu com vontade o conteúdo do copão à sua frente. Estava muito gostoso... Giovanne chegou a fechar os olhos, como se estivesse indo para aquele passado que já falei aqui, aquele que não morre nunca dentro da gente.

O passado para o qual ele viajou era bom, alegre, com gosto de chocolate, chantilly e aquele zum-zum-zum da Confeitaria Colombo. Era caminhar pelo centro histórico do Rio aprendendo com seus pais sobre prédios e igrejas da região. Era se encantar com o sotaque da cariocada a cada esquina, era gostar muito de uma cidade desde novinho... A Colombo certamente era um dos seus lugares preferidos, e ele agora o apresentava para Vicenza, que, vamos e venhamos, já estava se tornando uma das suas pessoas preferidas.

Tá, mas esta não é para ser uma parte sentimental da história, ela precisa se desenrolar porque ainda tem muita coisa para acontecer. Inclusive botar a Vicenza para descobrir logo o resultado desse exame.

Você provavelmente quer saber o resultado também. #timePaco ou #timeGiovanne? Faça suas apostas.

Não, esquece esse negócio de aposta. Voltemos para a confeitaria.

Vicenza provou o milk-shake preferido de Giovanne e adorou. Era tão bom ou melhor do que Giovanne alardeava desde o dia em que a conheceu.

– Meus pais me trouxeram aqui na nossa primeira viagem ao Rio.
– Que legal!

Ele tinha uma história com os pais. Ela também teria. E se ele fosse seu pai, aquela poderia ser a primeira cena do filme deles dois. Começaria com Vicenza pedindo a ele para fazerem uma *selfie* naquele cenário deslumbrante.

À noite, ela tinha tudo o que precisava: a saliva dos dois caras mais bacanas que ela conhecia. Era chegada a hora de finalmente saber qual deles era seu pai de verdade.

Eletrônico com cuíca

Começava a surtir efeito o esforço da galera do "Ameba Desnuda" para divulgar a rave que arrecadaria fundos para o desfile de Carnaval. Eles reforçaram a distribuição de filipetas pelos bares de Santa Teresa, Glória, Flamengo e Botafogo, fizeram *posts* magnéticos nas redes sociais e capricharam na decoração que daria o tom da festa. Resultado: os ingressos, que estavam encalhados até então, começaram a vender.

Ah, o carioca e essa eterna mania de deixar tudo para a última hora...

Vicenza estava em um dos seus cantos preferidos, o ateliê de Paco, onde tinha acesso ilimitado a tintas, pincéis e tudo mais que quisesse para fazer o que mais amava na vida: pintar. Lá, não raro ela tinha aulas informais com seu artista do coração. Sentadinha na mesa antes muito bagunçada de Paco, nossa protagonista desenhava com guache um pássaro delicado como ela, quando ele chegou da feira com sacolas fornidas.

— Nossa, que sacola bonita, seu Paco! — elogiou a menina, ao ver aquele bando de folhas verdes e frutas e legumes, tudo o que, até outro dia, aquele homem (orgulhoso adorador de pizza, hambúrguer, feijoada, torresmo, gordura, bacon, frituras e carboidratos em geral) o-di-a-va. Mais precisamente, até o dia em que Vicenza entrou na vida dele.

– Comprei, né? Pra deixar minha geladeira preparada pra receber você.

Nhóóó...

– Aaaaah! Que fofo! – exclamou ela, antes de voltar para sua pintura.

– Tudo pra fazer suco verde – avisou Paco. – Pra você, que fique bem claro! – concluiu, brincando-porém-falando-sério, espiando a arte da menina.

Vicenza riu, pois Paco parecia criança às vezes. Ela sabia que o artista teria que nascer de novo – mil vezes, pelo menos – para gostar de um suco verde. Mesmo o dela, que ela julgava ser simplesmente sensacional, nível melhor do mundo, sabe?

– Olha só o que me deram na feira: filipeta do Ameba. Vai ter festa lá. Vamos?

Vicenza se assustou sinceramente.

– Jura que você quer ir?

– Ué... Por quê? Não posso? Tô velho pra festa? Tô fora da faixa, por acaso?

Ela riu da bobeira dele.

– Não, claro que não! Só que nunca achei que você ia querer ir numa festa dessas.

– Você vai estar lá?

– Vou, claro que vou! Eu tô ajudando a organizar tudo! – contou, toda feliz.

– Então é óbvio que eu vou. Vou amar estar perto de você, em uma festa organizada por você, pô.

A jovem sorriu satisfeita.

– Que bom que você quer ir! Nunca imaginei você numa festa de música eletrônica.

– Nem eu! – falou o artista, de bate-pronto. – Mas, como eu disse, se você vai estar lá, eu quero estar lá também.

Ah, Paco...

Vicenza abriu aquele sorrisão que espremia seus olhinhos castanhos. Ele deu um beijinho na cabeça dela e, antes de ir para a cozinha guardar as coisas da feira, olhou mais uma vez para a obra que ela pintava compenetrada.

– Bota mais laranja aí – sugeriu.

E ela obedeceu. Eu disse que ela tinha aulas informais com ele no ateliê. Eu disse. Só não disse que ela amava aquele carinho em forma de pitacos artísticos.

Não adiantava. Por mais que Vicenza fosse frequentemente à casa de Giovanne, ela não se acostumava com aquela cozinha gigante, linda e tão bem equipada. Era um sonho para qualquer aprendiz de mestre-cuca.

– Pronto para comer o melhor sanduíche vegano da sua vida? – perguntou ela.

– Pronto para comer qualquer coisa que você prepare, princesa. Sempre.

Princesa! Ele a chamou de princesa. E ela ficou toda boba. Assim, esmerou-se para fazer uma pastinha de grão-de-bico – com grão-de-

-bico de verdade (não aqueles em conserva) – para botar no pão com cenoura caramelizada. O pão de fermentação natural ela comprou em uma padaria perto da casa de Giovanne.

Enquanto ela terminava de preparar o sanduba, o paulistano mexia no computador e de repente deu de cara com um anúncio em uma rede social.

– Ei! Vai ter festa lá na sua casa e você nem convida, é?

Ô-ou... Uma coisa era Paco ir. Outra coisa, bem diferente, era Giovanne ir... TAMBÉM! Pensa, Vicenza, pensa!

– N-nossa... É que... n-nem passou pela minha cabeça te falar. Quando é que eu ia achar que você gosta de música eletrônica?

Boa, Vicenza!

(Ah, ela se saiu bem, vai!)

– Não gosto, mas vou adorar matar a saudade do bloco. Ainda mais com você. Posso ir?

Eita.

O que dizer em uma hora dessas? O que dizer em uma hora dessas?

– P-pode... Claro que pode... – respondeu ela, já em pânico com a expectativa de ter os dois possíveis pais, que se conheciam, juntos no mesmo lugar.

– Pronto! Já comprei a entrada aqui pela internet! – avisou o executivo, empolgadíssimo.

Ah, tá.

Vicenza sorriu amarelo, com o estômago tenso, apertado, e seguiu preparando o *Vicenzuíche*, como ela tinha batizado aquele ranguinho de fim de tarde/começo de noite.

Pai em dobro

Giovanne lambeu os beiços, pois Vicenza era realmente boa de tempero, e o paulistano, assim como ela, adorava comer de tudo, sempre disposto a experimentar sabores diferentes.

Por mais que a conversa estivesse ótima (e Giovanne era bom de papo e o melhor contador de *causos* que ela conhecia), enquanto faziam do lanche informal um jantar muito delicioso, a pulga não saía de trás da orelha da garota, que tentava disfarçar o desconforto de ter seus dois pais no mesmo dia e no mesmo lugar.

Ela bem que tentava prestar atenção ao que ele dizia, mas só conseguia pensar na arapuca que tinha se metido, e sem querer! Por maior que fosse a sede do "Ameba", seria impossível Paco e Giovanne não se cruzarem, não se falarem e não mencionarem Vicenza um para o outro (e ela sabia o impacto que havia causado na vida de ambos). Mastigando e tentando esconder a tensão, ela só pensava em como ia conseguir descascar aquele pepino.

– Já pensou se a gente abrisse uma sanduicheria?

– O quê? – perguntou Vicenza, surpresa, quase engasgando.

– É! Meu sonho sempre foi ter uma coisa minha, de comida. Pra receber amigos, pra conhecer gente nova, pra promover o prazer de comer.

– Que lindo, Giovanne!

– Eu só penso em comer, né?

– Eu também! – disse logo Vicenza. – Posso fazer uma pergunta?

– Duas, três, quantas você quiser.

– Se você tem esse sonho, por que é que nunca correu atrás dele?

– Ah, porque todo mundo fala que dá trabalho, que é difícil pra caramba ter um negócio gastronômico no Brasil. Todo mundo sempre me desestimulou. Mas agora tem você, minha parceirinha de cozinha e de garfo.

Vicenza riu e adorou o "parceirinha". Parceirinha, que faz parceria, substantivo feminino que, segundo o dicionário, "é uma reunião de indivíduos para alcançar um objetivo em comum; sociedade, companhia". Companhia!

– Pode até se chamar Vicencheria! – sugeriu ele, entregando que via um futuro na sua relação com ela.

Aquilo não era pouca coisa!

– Que incrível, Giovanne – disse ela, entendendo todo o sentimento por trás daquela sugestão de nome. – Mas Vicencheria, apesar de muito lisonjeiro, é bem ruim, né?

– Ah, sério? Você acha? – perguntou ele, entristecido.

Ele realmente tinha achado excelente a sacada do nome da sanduicheria. Tadinho, todo mundo é meio louco mesmo.

– Eu tenho certeza! – falou Vicenza, rindo com o corpo todo. – Vamos pensar em outro nome, tá?

Os dois riram com vontade. A química entre eles era nítida como a Via Láctea em céu despoluído. Não tinha tempo ruim com eles, era sempre muito riso envolvido. Mas, naquele dia, a alegria de Vicenza era triste. Se ela fosse um sentimento, se chamaria Preocupação, com p maiúsculo mesmo. Quando ela pensava muito, o choro vinha até a porta da boca. Era preciso engolir em seco e focar no pai da vez, porque, quando a situação como um todo invadia seu cérebro, era coração pulsando forte, aquele vazio difícil de explicar, aquele buraco de fogo no meio do peito, todos os clichês já inventados para descrever a sensação horrorosa que só quem já sentiu sabe como é: angústia.

Quanto mais o tempo passava, mais angustiada Vicenza ficava.

Quem era seu pai, afinal?

Assim que Giovanne deixou a moça em casa, digo, na sede do "Ameba Desnuda", ela pediu que Cadu convocasse os hóspedes e alunos mais próximos para uma reunião de emergência, que se fazia necessária.

– Tá tudo bem, Vi?

– Defina "bem", Cadu.

Opa! Era sério. O garoto entendeu e voou para chamar o pessoal. Sentados na sala de ensaios, todos olhavam curiosos para a menina.

– Gente, eu preciso da ajuda de vocês – começou ela. Respirou fundo e seguiu – Vou tentar resumir: eu nunca tive pai.

– Ôxe, tadinha! – exclamou Lucinha, muito dramática, mas muito sentida mesmo.

– Mas agora eu tenho dois e...

– Ôxe, que a vida é boa! – comemorou a comissária de bordo, empolgadinha e tagarela de berço.

Vicenza agradeceu a animação com os olhos e seguiu:

– E... Então... eu... amo os dois!

– Ownnn... – todos fizeram em coro.

Vai soar loucura, mas parecia cena de filme aquela reunião.

– Eles também te amam, Princenza, pode crer – falou Nando.

Por dois segundos, ela encarou o garoto, tentando decifrá-lo.

– Como você sabe, Nando? – perguntou ela.

– Não sei... Eu só acho que eles te amam, ué.

– Mas por quê? – insistiu ela.

– Ai, Vicenza, não sei, esquece. Achei que ia ser bom falar isso, mas não devia ter falado – argumentou Nando, sempre bem-intencionado.

Nossa heroína respirou fundo antes de continuar sua complicada explicação.

– O pior vocês ainda não sabem.

– Piora? – insistiu Nando.

Os olhares todos se voltaram para o autointitulado "diretor geral de música" do bloco.

– Nando, silêncio pode ser uma parada bem maneira às vezes, sabe? – alertou Cadu, irônico.

O "músico" pediu desculpas com gestos, baixando a cabeça envergonhado. Aquele menino era hilário. Parecia um personagem de desenho animado dos anos 1980.

– Os dois se conhecem, gente! E um não sabe que o outro pode ser meu pai! E os dois resolveram vir na festa!

– Vixe Maria! Piora mesmo, Vicenza! – frisou Lucinha.

Um burburinho logo se fez. Eram muitas interrogações para poucas cabeças. Que negócio era esse de não ter pai? Por que só agora vir atrás deles? Por que é que...

– Para de perguntar, gente! Sério! Depois eu respondo tudo, mas vocês precisam me ajudar com a rave – suplicou Vicenza.

– Tu tá lascada! – disse Lucinha, a otimista.

– Lucinha, amor, cê não tá ajudando – reagiu Betina.

– Desculpa, tô com pena dela! – devolveu a maranhense.

— O que é que a gente pode fazer para os dois não se esbarrarem? – A jovem quis saber. – Eles não podem se reconhecer e se trombar – Lucinha pensou alto.

— Não *vamo* cancelar, não, né? Pelo amor de Deus, diz que não!

— Claro que não, Nando! – gritou Betina, descontrolada com a falta de noção do garoto.

— Já sei! – anunciou Lucinha, com cara de plano infalível do Cebolinha. – Por que a gente não faz uma rave à fantasia? Não é rave pra arrecadar dinheiro pro Carnaval mesmo? Então! Tudo a ver.

— Tudo a ver! – concordou Nando, extasiado com a solução do problema de sua hippie favorita.

— Gênia! Tudo a ver! Faz todo sentido! – Vicenza comemorou.

— Rave com Carnaval! A gente pode, inclusive, pedir pro DJ fazer uns remixes de marchinhas, já pra ensaiar pro bloco mesmo. Samba com eletrônica! – planejou Betina.

— Boa! Sem fantasia não entra! É a "ravesia" – Nando batizou. – Rave à fantasia!

— E, pra não ter erro, a gente deixa nosso baú de fantasias na entrada. Quem não vier a caráter se arruma aqui mesmo, pra não ter desculpa – sugeriu Cadu.

— Isso! E quem estiver com preguiça de fantasia inteira, que bote pelo menos alguma coisa na cabeça: máscara, nariz, peruca. Isso já dificulta muito pra eles se reconhecerem – Lucinha concluiu.

— Perfeito! O Paco deve ter fantasia, ele é do samba, mas o Giovanne, duvido! O baú vai ser ótimo pra ele! – Comemorou Vicenza. – Aí, Lucinha, arrasou! – disse, dando um abraço apertado na amiga.

— Eu sei! Eu arraso sempre, é do meu feitio. E pode ficar tranquila que eu fico pertinho do baú pra monitorar tudo, deixe comigo. Eu ajudo é muita coisa, né não, Betina? – disse a maranhense, implicante.

A irmã de Cadu revirou os olhos antes de sorrir, dando um tapinha na comissária de bordo.

Hóspedes e vizinhos do "Ameba Desnuda" se dispuseram a deixar ainda mais atraente aquela casa centenária que já era um charme. Luzes coloridas e adereços purpurinados deram ao local um ar carnavalesco, *pero no mucho*. Betina se exauria ao celular falando com fornecedores, resolvendo a parte burocrática, enquanto Vicenza orquestrava a parte prática, a arrumação.

Mas a harmonia não durou muito, verdade seja dita.

Não demorou para Cadu se estressar com Nando pela nonagésima vez por causa de música. Lucinha deixou cair no chão um pote de purpurina, causando reclamações indignadas. Nara, uma moradora, furou o dedo com agulha costurando uma fantasia e chorou. Rafa, que dava aula de tecido, não saía do celular e tomou bronca de Ramón, que estava ralando desde cedo na faxina, e por aí foi.

O caos estava instaurado. Bate-bocas se formaram, textões verbais nasceram e morreram em questão de minutos, mas Arthur observava a tudo extasiado. Era mágico ver aquele lugar cheio de vida. A casa lhe era tão cara, ele sempre foi tão feliz lá. Especialmente naquele passado que já mencionei aqui, aquele que a gente não deixa morrer.

Pela primeira vez desde a fuga de sua esposa ladra (eu sei, é muito triste essa história), ele vivia uma felicidade de verdade. Fazia muito tempo que o fundador do "Ameba" não sentia nada parecido com aquilo. Bom demais ver o velho tão satisfeito, rindo orgulhoso com todos os poros do seu corpo. Era como se ele estivesse se vendo renascer. Claro, aquela situação não era uma mera arrumação para festa, era um recomeço. O bloco ia voltar mesmo, não era empolgação passageira dos netos. Estava virando realidade. Ia virar. Já tinha virado.

– É Carnaval, essa energia absurda! É tradição, o nosso bloco na rua! – Arthur começou a cantarolar o samba do bloco, com olhos brilhando, um pouco pelo passado, mas muito mais pelo agora, que estava lhe fazendo tão bem.

– Vem pra brilhar... – Betina entrou na onda.

– A festa é sua... – Cadu fez coro.

– Ele voltooooooou – desafinou Nando.

– É o "Ameba Desnuda"! – fizeram todos, em uníssono.

Que farra bonita!

– Viva o Carnaval! – puxou Arthur.

– Viva! – gritou a galera.

– Viva Momo! – falou Arthur.

– Viva!

Cadu e Betina se entreolharam, emocionados. Era um feito e tanto fazer o avô sorrir e cantar num mesmo dia, e depois de tanto tempo.

– A gente conseguiu tirar o vovô da tristeza! – comemorou o garoto.

– Ele merecia, Cadu. Ele merece. Tem muita vida ainda pela frente – falou Betina, com os olhos molhados.

– Vão lá abraçar o avô de vocês! Quero tirar uma foto pra vocês nunca esquecerem esse dia – disse Vicenza.

Os dois obedeceram e foram apertar aquele cara nota mil, que sempre foi tão, mas tão bacana com eles. Todo mundo gosta de abraço, de amor e de ser feliz, e aquela tarde era isso tudo. Vicenza registrou tudinho, enquanto disfarçadamente espantava um cisco que caiu no seu olho com a cena.

Ao fim do dia, a garota, ao ver a galera exausta de tanto trabalhar, com dor aqui, dor acolá, pescoços doloridos, ombros resmunguentos e lombares berrando, deu um assovio forte.

– Bora lá pra fora. Bora fazer um pouco de ioga pra relaxar e pra alongar – gritou, convocando todo mundo para o pátio, onde um entardecer lilás e laranja abraçava a casa.

Primeiro, sentada, ela botou o pessoal para respirar, para acalmar ânimos e almas, para a frequência cardíaca voltar ao normal. Depois, cantaram mantras e fizeram posturas e, entre uma e outra, Cadu e Vicenza não conseguiram ficar o tempo todo de olhos fechados e trocaram alguns olhares proibidos e purpurinantes durante a prática.

Quase tão purpurinantes quanto os adereços que eles produziram para a festa.

A festa

Antes de sair de sua casa/ateliê, Paco deu pinceladas despretensiosas em uma obra que, além do azul que vinha marcando sua nova fase, tinha muito do amarelo-gema da fantasia que escolheu para ir ao baile do "Ameba". Sorriu com os olhos, que foram maquiados especialmente para compor sua odalisca.

O artista se olhou no espelho e se achou gato. Tudo bem, Paco se achava bonito, sempre se achou. Na verdade, ele sempre *soube* que era gato, mas havia muito tempo que ele não gostava do que via no espelho. E não era por fora, mas pelo conjunto da obra.

Ele estava carnavalescamente feliz de ir vestido de mulher para o bloco. Queria muito que Vicenza o visse assim, como Raion o viu (e se encantou) dezoito anos antes. Ele sempre gostou de pular Carnaval fantasiado de mulher, de pintar os olhos, a boca e as bochechas. Achava irreverente, gaiato, leve e livre, como ele. Quando era mais novo, pedia roupas emprestadas à mãe para brincar nos bailinhos da pacata Petrópolis. Quando se mudou para o Rio, viu o Carnaval de rua renascer com força total lá pelos seus 20 e poucos anos, e aí quem emprestava a indumentária para a folia era sua tia ou a namorada/peguete/ficante da vez.

O artista também tinha seu baú com fantasias, acessórios, adereços, confetes e serpentinas de Carnavais passados e prezava muito por ele. De lá que saiu o que ele vestia: a blusa meio de cigana amarela, um lenço roxo na cintura da calça da mesma cor. Com a segunda cerveja do dia em punho, cantou para o espelho: "Se acaso me quiseres, sou dessas mulheres que só dizem sim".

Sorriu para si mesmo, concluindo que Chico Buarque cai sempre bem, antes ou depois, na folia ou na fossa. Chico, sempre Chico. Taí! Ele precisava ouvir Chico com Vicenza! Ou, quem sabe, apresentar, de verdade, o compositor para sua menin... Para sua amiga-que-podia-ser--filha. Deu o último gole e partiu rave.

No caminho, seu celular tocou.

– Dado?! – exclamou Paco, feliz paca. – Pô, cara, que saudade!

Dado também sentia falta do irmão. Com aquela loucura de viagens, jogos e campeonatos, os dois acabavam se falando muito mais por mensagem que por ligações. O artista pediu ao irmão que desligasse para que eles se falassem por videochamada.

– Tchanã! – fez Paco, levantando o véu de odalisca que tapava a barba por fazer. – Sou eu, véi!

Dado soltou sua gargalhada dos tempos de infância.

– Ó, meu Deus, é você mesmo! – ele entrou na brincadeira do irmão mais novo. – Onde você vai assim? – perguntou, achando graça de Paco.

O artista contou que estava indo para uma festa muito louca, por um motivo mais louco ainda. E contou, rapidamente, como se esse fosse um assunto fácil para se resumir, a caminho de uma rave, tudo o que estava acontecendo na sua vida recentemente.

– O quê? Quer dizer que eu... eu posso ser... tio?

– É! Pode!!!! – riu Paco. – E nossos pais finalmente vão poder ter a neta que eles tanto pediram pra gente.

Ao contrário do irmão, solteiro invicto, Dado se casou com uma atleta do nado sincronizado. Mas filhos, definitivamente, não estavam nos planos do casal.

– Que loucura, mano! – falou Dado, atordoado com a quantidade de informações bombásticas que tinha acabado de receber, mas radiante por ver o irmão feliz como nunca.

Resultado: o artista do olhar profundo foi para a festa mais animado ainda. Seu irmão Dado tinha ligado, estava com saudade, e ter o coração afagado por ele era sempre tão bom.

Do outro lado da cidade, Giovanne se atolou no trabalho e chegou em casa mais tarde do que havia previsto. Dos Carnavais de antigamente, onde ia na companhia de Paco com o simples objetivo de pegar gente, não guardou nada, nem um glitter ecologicamente incorreto e fora da validade para contar história. Alugou na Barra, perto de casa, uma fantasia de arlequim. Ele podia inventar com maquiagem e roupas de seu próprio armário um traje de palhaço, pierrô e afins? Podia. Mas Giovanne não era essa pessoa.

Ele era da elegância, do ar-condicionado, dos poucos e bons, da música para dançar, não para pular ou sambar (coisa que ele não sabia fazer desde sempre). Foi difícil escolher uma fantasia, mas achou que

Vicenza, por viver rindo de suas bobagens, acharia a roupa adequada para ele.

Aliás... agradar Vicenza, taí uma coisa que Giovanne adorava fazer, mesmo que sem querer. Era mais forte que ele. Era como se ele estivesse num concurso consigo mesmo, um concurso de melhor pai. Como ele queria ser pai daquela garota... como ele queria!

Ele estava indo a uma rave de Carnaval. Novamente: *uma rave de Carnaval!* Duas palavras que não faziam parte do vocabulário do executivo, definitivamente. Giovanne só estava indo porque... Vicenza estaria lá, é óbvio!

Camiseta verde listrada, gola estilosa, bermuda bordô, meias divertidas até o joelho, tênis bicudo e... pronto! Que palhacito mais...

— Ridículo — disse ele, ao se olhar no espelho.

Ah, o espelho naquela noite acabou virando uma coisa especial. Era como se Giovanne não fosse Giovanne, e Paco não fosse Paco. De alguma forma muito maravilhosa, a folia de fevereiro permite isso, essa troca de papéis, esse experimento sem amarras.

Não era fantasia pensar que aquele palhaço ridículo podia ter uma filha, e que ele simplesmente a-ma-va essa ideia. Giovanne respirou fundo. Aquele pensamento "ser ou não pai, eis a questão" sempre lhe dava taquicardia, mas era uma batedeira boa, acredite.

Enquanto tirava o carro blindado da garagem, ele pensava com o volante: quem é que faz festa quinta? Quinta é dia de festa desde quando? Já Paco, amigo íntimo da noite, adorava qualquer tipo de balbúrdia, a qualquer hora da semana.

Pai em dobro

Aproximar-se da sede do "Ameba Desnuda" fez o paulistano voltar no tempo, quando era um menino de vinte e muitos anos desbravando a Cidade Maravilhosa, acreditando que podia mudar o mundo, ganhar dinheiro, apaixonar-se e ser feliz para sempre, formar uma família. Mesmo. E Raion parecia um raio de luz, ele lembrou-se. Mas Paco estava com ela! E tudo bem.

Não!!! Não estava nada bem!

Ao ver Raion, a jovem do cabelo de fogo, Giovanne sentiu um negócio diferente – uma parada de acelerar o coração, uma parada sinistra, mas deixa quieto! – e tinha certeza de que Paco, desde sempre imaturo emocionalmente, jamais levaria aquele flerte de Carnaval adiante.

Mas Paco era seu amigo. "E um galinha inveterado. Tão injusto uma garota bacana como a Raion estar com ele!", era o que Giovanne pensava em segredo na época.

Águas passadas. Agora as águas iam rolar para Vicenza e seus amigos, que teriam uma noite animada, porém tensa. Vigiar os dois possíveis pais durante a festa inteira não seria tarefa fácil, eles sabiam, mas tudo bem, Vicenza merecia, pois era a garota mais legal que eles conheceram nos últimos tempos.

Festa no Rio começa vazia, vazia, vazia. De repente... é um tal de chegar gente, digo, muita gente ao mesmo tempo, que você não imagina! E não ia ser diferente na "grande volta triunfal do Ameba Desnuda", como Nando humildemente se referia à rave, digo, *ravesia*.

Então, lá pela uma hora da madrugada, a casa começou a encher, a encher, a encher. E o bar todo moderno, decorado com tucanos de pelúcia e panos de chita, a vender, vender, vender, e as luzes a piscar, pi... Tá, chega de repetir, você já entendeu.

As marchinhas eletrônicas fizeram o maior sucesso, os drinques coloridos idem. Cadu e Betina estavam radiantes, e Vicenza abriu seu melhor sorriso quando viu os dois irmãos emocionados comemorando o êxito e a felicidade do avô Arthur e a volta do bloco. E fez questão de dizer para eles:

– A festa lotou! Vocês vão conseguir botar o bloco na rua!

– A *gente* vai botar o bloco na rua – Cadu rebateu na hora, coisa *marfofa* dessa vida!

O coração da nossa protagonista ficou quente e bateu rapidão. Foi a primeira vez que ela se sentiu pertencente a uma família que não era a dela. Gostava daqueles dois como se fossem da sua família. Mesmo.

Ela não sabia, ou melhor, não entendia direito o real significado de Carnaval, mas já estava adorando viver cada segundo dele, e na companhia de Betina, Cadu e Arthur. Sabia que aquela era uma experiência única, inesquecível. Aquele Carnaval certamente marcaria a vida de Vicenza.

Quando ela pensava no bloco, imaginava-se pulando com Cadu do lado, ladeira acima, ladeira abaixo, e adorava vê-lo, nos seus devaneios românticos, sob confetes e serpentinas, fantasiado e com muito brilho.

– Cadu tá certo. Você já é Ameba, Vicenza – falou Betina, protagonizando seu primeiro momento fofinho dessa história. Primeiro e único, aviso logo. Desculpa o *spoiler*, sou dessas.

Estava tudo muito lindo e dando certo, porém...

– Vicenza! – gritou a voz rouca e doce que ela já conhecia bem.

Então, ela virou-se para Paco e o tempo parou. Os dois ficaram encantados um com o outro. Vicenza – com um corpete verde, o cabelo comprido preso em um rabo de cavalo estiloso com fitas coloridas, uma saia de tutu rosa-claro e meia-calça vermelha – parecia uma princesa pós-moderna, dessas que têm *dread* no cabelo, gostam de rock, escrevem as próprias regras, se amam como são e chamam os boys na *chincha* quando bem entendem. "Bem minha filha, mesmo", Paco se pegou pensando, enquanto olhava para Vicenza sem piscar.

Podia parecer estranho, mas ele se via nela. E ela? Ela super se via nele. Além do mais, *amou* ver o artista vestido de odalisca. E não era qualquer uma, mas estilizada, colorida, sapeca. A cara dele.

– Sou eu! – brincou ele, quando o transe passou, levantando o véu, como fez com o irmão, para que Vicenza o "reconhecesse".

Ela riu da gracinha e elogiou, do fundo do coração:

– Que lindo que você tá!

– LindA – brincou ele, como fez com Raion dezoito anos antes. Dezoito anos. Uau. Era muito tempo.

– Quer uma notícia boa? – perguntou ele.

– De você? Sempre!

– Minha marchand acabou de ligar! – começou, parando para uma breve pausa dramática, antes de prosseguir – Vai ter uma exposição das minhas telas novas em Nova York!

– Mentira!! Que incrível! – celebrou Vicenza. – Você merece muito!!! – disse, dando nele um abraço apertado, longo, cheio de orgulho e de amor.

– Brigado.

– Brigado por quê?

– Por me fazer pintar de novo, ué. Você foi minha inspiração, Vicenza – respondeu ele, emocionado.

– Imagina... Parabéns, pai... – reagiu ela, engolindo em seco assim que a palavra pai saiu de sua boca.

Os dois soltaram um suspiro ao mesmo tempo, com o coração batendo rápido.

– Quer dizer, Paco – Vicenza corrigiu.

O ar ficou suspenso. Nenhum dos dois conseguia respirar. Ninguém contou, mas ficaram perto de um minuto se olhando profundamente.

– Cê vem comigo, né?

Ela deu uma leve surtada.

– Pra Nova York? Sério?

– Claro! Pô... não faz sentido eu ir sem você.

Ah, como ela gostou de ouvir aquilo!

– Claro que eu vou! – falou, dando nele outro abraço efusivo. – Que dia vai ser?

– Dia 9 de fevereiro.

Ô-ou... Justo esse dia? Tinha que ser esse dia? O rosto de Vicenza se transformou, e Paco logo notou que algo estava errado.

– Tudo bem?

– T-tudo – respondeu ela.

Mas Paco sabia que não, ele já a conhecia o bastante para saber que não, não estava tudo bem. A garota respirou fundo antes de explicar.

– Ai, Paco. Não. Não tá tudo bem. Eu... não vou conseguir ir...

– Não?! – reagiu ele, espantado. – Por quê?

– Porque o bloco do "Ameba" sai justamente dia 9 de fevereiro. E... eu que fiz o estandarte, distribuí filipeta, organizei essa festa... eu tô cuidando de tanta coisa pra esse bloco sair, e sair bonito, sabe?

Foi um choque. Paco, definitivamente, não esperava por esse balde de água fria na cabeça.

– Poxa, Vicenza, eu nem sei o que dizer... Carnaval tem todo ano, sabe? Exposição em Nova York não, né?

Vicenza baixou os olhos. Sabia que ele estava triste, já sabia lê-lo como ninguém.

– Eu sei... – disse a garota, arrasada. – Mas Carnaval tem todo ano pra você. Eu nunca pulei Carnaval na vida, Paco. E nem sei quando vou pular de novo. E *se* vou pular de novo.

Ele entendeu. Não queria ter entendido, mas entendeu. Sua menina agora era do Carnaval, e tirar isso dela seria quase uma crueldade.

– Ai, Paco, desculpa... Eu queria muito ir... – revelou a jovem com os olhos marejados.

– Ei! Não precisa ficar assim. Vem cá – rebateu ele, puxando-a para um abraço. – Claro que eu vou ficar triste de não ir com a minha inspiração, mas, por outro lado, fico amarradão por você estar tão envolvida com o bloco que eu te apresentei.

Vicenza ficou mais alegrinha com o afago.

– Sério? – perguntou a menina.

– Sério.

– Tamo de boa, então?

— Super de boa — respondeu ele, sem muita convicção. — Cê tá feliz, não tá?

Vicenza fez que sim com a cabeça.

— Muito.

— Então... eu também tô.

— Ah, Paco, que lindo! Brigada por me entender, tá?

E eles, *abracentos* de berço, se apertaram mais uma vez naquela noite. O carinho em forma de abraço não durou muito, mas não foi por falta de afeto, e sim por motivo de Giovanne mesmo.

Calma! O executivo não viu os dois se abraçando; apenas chegou na festa e Cadu, com gestos, avisou Vicenza. Com o coração acelerado, ela se despediu de Paco, dizendo que estavam precisando dela em outro canto da sede.

— Vai se divertir, estão me chamando lá dentro, já volto pra gente conversar mais! — falou, voando na direção de Cadu, que estava com o outro possível pai da garota na antessala da festa, junto ao baú de fantasias e acessórios.

Atenta, Lucinha logo se aproximou de Paco, para ele não ter a ideia errada de ir atrás da garota.

— Oi, Paco, tudo bem?

— Oi, Luana.

— Lucinha, Paco. Lucinha — corrigiu ela. — Ôxe, quem fez essa make bafônica?

— Eu mesmo! — ele respondeu, orgulhosão.

— Incrível! Vem, bora beber!

E ele foi.

Ao ver Vicenza, Giovanne abriu o sorrisão que ela já conhecia bem, e amava, porque a fazia sorrir também. E ele estava com nariz de palhaço, o que acentuou ainda mais seu sorriso puro e lindamente infantil.

– Vicenzaaaa! – gritou ele, rodopiando desengonçadamente, orgulhoso de sua fantasia. – Você tá linda!

– Brigada, você também!

– Gostou?

– Ah, Giovanne, gostei, mas pode melhorar. *Vamo* incrementar isso aí, vai.

– Ô, Vicenza! Incrementar? Mais? Olha essa meia, olha essa gola! Olha esse nariz me sufocando!

A garota nem ouviu.

– Toma! – disse ela, dando a ele um paletó verde comprido que tirou da arara onde estavam dispostas as roupas.

– Jura? Mas com esse calor?

– Você quer destoar de todo mundo?

– Nem um pouco! – respondeu ele, já vestindo o pesado paletó.

– Agora bota esse chapéu aqui – pediu a garota, segurando o acessório.

Ela o olhou de cima a baixo e...

– Aê! Agora, sim!

– Tô lindão agora?

– Lindão!

– Tô com cara de quem vai viajar sozinho com os enteados pela primeira vez?

– Ah, não! Que notícia maravilhosa!

— Primeira vez que eu vou com eles pra Disney sem a Marta. Brigado, viu?

— Pelo quê?

— Pelo esporro que você me deu no dia que a gente se conheceu. "Devia dar esse tempo para os seus enteados." Aquilo ficou na minha cabeça.

— Que bom! — reagiu ela, orgulhosa.

— Vem com a gente?

— Pra Disney?! — perguntou, incrédula.

— Claro! Não tem sentido ir sem você, fil... Vicenza!

Ela se jogou nos braços dele, em um abraço muito empolgado e agradecido.

— É óbvio que eu vou! Que sonho! Que dia vai ser a viagem?

— A gente embarca em 9 de fevereiro!

Eita!

Eita atrás de vixe, porque naquele exato momento Vicenza avistou Betina preocupada, avisando de longe que Paco estava procurando por ela. A menina engoliu em seco, não dava para ir naquele momento, Giovanne tinha acabado de chegar, meu Deus! E agora?

Nando estava passando e ele ia salvar a pátria!

Ufa!

— Nando! Vem cá! — disse a jovem, puxando o garoto pela fantasia. — Nando, esse é um amigo meu, o Giovanne, Giovanne, esse é o Nando, ele é o nosso... tecladista.

— Na verdade, eu sou o diretor geral de música do "Ameba"!

– É? – indagou Vicenza. – Bom, enfim... o Giovanne adora música, Nando.

– Adoro? – Giovanne reagiu, espantado com a afirmativa.

– Ué, não adora?

– É... g-gosto. A-do-rar já é um exage...

– Toca pra ele alguma coisa, Nando! Ele vai amar! – pediu ela.

– Já é. Ó que irado esse som, tio – falou Nando, já dedilhando seu tecladinho.

Foi a deixa para Vicenza sair de fininho e ir encontrar Paco, que agora experimentava uma caipirinha.

– Êêê! – fez ele, já alegrinho, se é que você me entende. – Olha quem tá aí!

– Eu! – fez Vicenza, rindo da animação dele! – E aí? Tá boa?

– Delícia! De caju.

– Me vê uma, por favor? – ela pediu ao barman.

– Oi? – reagiu Paco, quase engasgando.

– É pra Betina!

– Sei. Olha lá, hein? Olha lá!

Vicenza achou graça e saiu em busca de Giovanne. Quando deu de cara com Nando sozinho, não entendeu nada.

– Ué, cadê o Giovanne que tava aqui? Por que você não tá com ele?

– Pô, ele não curtiu meu som, eu acho.

– E aí você largou ele?

– Foi meio ele que me largou mesmo.

– Ele falou pra onde ia?

– Disse que ia pegar alguma coisa pra beber.

– Ai, meu Deus, ferrou!

Vicenza ficou desesperada, olhou para o bar, viu que Paco ainda estava lá, conversando com Arthur. Ela tinha que pensar rápido.

De repente, Lucinha salvou a garota:

– Olha aqui quem tava perdido! – avisou a maranhense, chegando com Giovanne ao lado.

Vicenza respirou aliviada.

– Tá gostando da festa? – perguntou.

– Tô, mas tô com a boca seca, vou beber alguma coisa.

– Pera! Eu posso pegar pra você. O que você quer?

– Ô, Vicenza, não precisa, brigado, eu tô querendo ir lá pra fora um pouco, essa música cansa, né?

– Cansa? Cê acha?

Nesse minuto, Vicenza avistou Paco entrando. Ufa! O bar estava liberado.

– Vem, eu vou com você.

Os dois foram até o bar, e Giovanne pediu uma água com gás.

– Água com gás, Giovanne? Que coisa mais sem graça.

– Eu vim dirigindo, não posso beber.

– Então pede um suco verde, eu que fiz! Tá maravilhoso.

– Suco verde? Jura?

Vicenza pediu o suco para ele, que bebeu e o-d-i-o-u.

– Humm... Que suco óóótimo, adorei! – ele falou, disfarçando.

De repente, uma voz masculina foi ouvida pelos dois:

– Giovanne?! Eu não acredito!

Era Arthur, que não via o executivo havia muitos anos. Os dois se abraçaram longa e afetuosamente e logo engataram uma conversa.

— Bom... Agora que você tem companhia, eu vou só ver se estão precisando de mim pra alguma coisa. Já volto.

A festa começava a esvaziar quando Cadu pegou a garota pela mão e a levou para o lado de fora da casa.

— Ai, Cadu, tô cansada, sabia? — desabafou a menina, olhando a Lua.

— Então por que você não abre o jogo com eles? — quis saber o garoto.

— Ah, primeiro deixa sair o resultado do exame, né?

Cadu concordou, mas não totalmente. Para ele, a melhor coisa a fazer seria contar para os dois desde o começo.

— Cê tá muito lindo com essa fantasia de Super Ameba, sabia?

— Sério? — reagiu ele, rindo de orelha a orelha.

— Muito sério... — ela disse, olhando bem no fundo do olho dele.

E então Vicenza sentiu que se não fosse a música, ele e qualquer pessoa ali ouviriam seu coração em ritmo de bate-estaca. Aquele menino bonito mexia com ela e, pelo sorriso dele, a recíproca era verdadeira. E então ele se aproximou dela, botou as mãos em seu rosto e...

— Oi, oi, oi!

Era Paco, que chegou sem nenhuma sutileza, se colocando no meio dos dois, afastando Cadu com o braço.

— Tô indo já, Vicenza. Parabéns, tava tudo lindo, viu?

Ao lembrar que Cadu estava ali, provavelmente "mal-intencionado" com sua menina, ele disse:

— Agora vai pra dentro, tá frio aqui fora, cê vai acabar gripando.

– Mas tá calor, seu doido! – falou Vicenza.

– Não tá, não, senhora. Tá frio.

Vicenza riu.

– Não é pra rir, é pra entrar, tem que se proteger, proteger o pescoço. Depois gripa e é o quê? É coisa de quatro, cinco dias na cama, não pode, não! – disse, embaralhando as palavras, enquanto subia trôpego a escada. E então Cadu e Vicenza se olharam como se quisessem retomar aquele clima gostoso.

Mas nem se empolga, não rolou.

Não demorou para o outro pai chegar e acabar com o clima.

– Opa! – disse Giovanne, afastando Cadu de Vicenza. – Vou nessa. Daqui a pouco eu acordo pra trabalhar.

– Tá bem, Giovanne. Brigada por ter vindo.

– Imagina. Adorei.

O executivo tascou em Vicenza um beijo carinhoso de despedida e se foi.

No exato segundo em que ele botou o pé para fora da casa, os dois comemoraram como se estivessem em um estádio vendo o Brasil ganhar uma Copa do Mundo.

– Deu tudo certo! Brigada, Cadu! – agradeceu Vicenza, para logo depois dar nele um abraço apertado. Bem apertado. E um pouco mais demorado do que precisava. E o coração acelerou de novo, e batia tão forte que ela ficou com medo de ele sentir as batidas e se afastou um pouco.

– Eu nunca beijei – avisou Vicenza.

– Ah, então vou nessa, valeu. Foi bom te conhecer.

Pai em dobro

Vicenza se espantou, mas logo Cadu riu e a fez perceber que ele estava só fazendo graça.

– E eu, Vicenza? Que nunca beijei alguém que mexesse tanto comigo? – disse Cadu.

– É? – ela perguntou, com muita felicidade no coração. – Então o nosso primeiro beijo tem que ser num lugar especial. Será que a Betina empresta o carro?

– Já emprestou – ele respondeu na hora, com os olhos brilhando.

A confusão

Fazia tempo que Giovanne não sabia o que era voltar para casa com o dia quase amanhecendo. "Quem diria que eu iria a uma rave e gostaria dela?", ele pensava, enquanto dirigia, ainda perto da sede do "Ameba". Permitiu-se até ouvir um sambinha no carro, e botou Maria Rita pra tocar. "Meu Deus, eu ouvindo samba. Era só o que faltava mesmo!"

E assim, distraído e levado pelo baticum da bacanuda, nem viu a hora que um homem passou na frente de seu carro em uma descida. Freou bruscamente a tempo e apertou forte a buzina. Nada aconteceu, mas podia ter sido séria a coisa.

Já sabe quem Giovanne quase atropelou, né?

A odalisca trôpega que atendia pelo nome de Paco.

– Ei, ou, ei, ei, ou!!! Não me viu, não? – resmungou o artista plástico, com os olhos borrados de maquiagem e cerveja na mão. – Podia ter me machucado, pô! – berrou, enquanto batia forte no capô da Land Rover de Giovanne, que saiu assustado do veículo e não demorou para reconhecer a figura.

– Ah, não.... Paco? – disse Giovanne, surpreso.

— Giovanne?! Pô, *rapá*, quanto tempo! – reagiu o primeiro, indo na direção do velho amigo com os braços abertos.

— Bota tempo nisso! – fez o executivo, abraçando de verdade Paco. – Cê tá bem?

— Não. Tô. Só que não – respondeu Paco, bebum que só ele, rindo sozinho.

— Eita, que água! – comentou Giovanne. – Vem, entra aqui, vou te levar pra casa.

— Ah, não! Pra casa não! – protestou Paco. – Bora tomar uma saideirinha!

— Saideirinha? Tá louco! – riu Giovanne. – Vai, entra aí.

— Entro. Mas não vou pra casa. Não vou!

— Tá bem, Paco, tá bem...

Paco sentou-se no banco do carona e, apesar de bêbado, conseguiu manter uma conversa bacana com Giovanne, que achou graça do amigo.

— Cê não mudou nada, né, Paco?

— Nem você. Que diabo de fantasia tosca é essa?

— Que tosca o quê? Aluguei numa loja ótima.

— Alugou? Pagou por essa coisa horrorosa? Pior ainda! – debochou Paco, rindo.

— Tá enrolando a língua já, Paco. Anda, abre o porta-luvas, tem água aí dentro. Bebe que vai te fazer bem.

— Nem Uber mais tem água e você tem? Eu posso não ter mudado, mas você também não, né? Continua o mesmo mauricinho.

— Mauricinho é a mãe!

— Ah, não... Cê não falou isso. Porra, Giovanne! – zoou o artista, fazendo Giovanne rir com vontade.

— Me fala, odalisca, aonde a senhorita quer ir?

Com o Rio ainda acordando e as ruas vazias, não demorou muito para que eles chegassem ao lugar que Paco tanto queria ir: a sua cachoeira de infância, que Giovanne também conhecia bem.

— Que loucura você querer vir aqui. Vim outro dia aqui com uma amiga.

— Humm... Amiga, é?

— É, nem fala, preciso te contar.

Xiii... Agora ferrou.

— Fi. Brigado por não me levar pra casa, tá? – agradeceu Paco. – Cê ainda tem medo de água fria? – perguntou, já tirando os sapatos e indo na direção das pedras, onde ele circulava com a naturalidade de um Mogli da vida.

— Medo, não, me respeita. Tenho pavor!

Os dois riram.

— Ô, maluco! Cê vai entrar de roupa?

— Óbvio!

— Depois vai pro meu carro todo molhad... entrou.

Aquela água fria bateu bem em Paco, como se a bebedeira tivesse sido posta de lado com o choque térmico. Antes de ir para perto da queda d'água, onde planejava ficar uns bons minutos com a cachu na cabeça, ele se aproximou de Giovanne.

— Pô, cara, que bom te encontrar... – disse.

— Bota bom nisso. Faz quanto tempo que a gente não... – falou Giovanne, não conseguindo completar a frase por conta de um leve e tímido arroto.

— Ué, eu que bebo e você que passa mal?

— Foi um suco verde que eu tomei na festa – explicou o executivo, fazendo Paco franzir a cara toda ao ouvir "suco verde".

Ele sabia bem o que era ter ânsia de vômito com o que secretamente chamava de *suco dos infernos*. Giovanne prosseguiu:

— Aliás, preciso te contar essa história. Lembra da Raion?

Ô-ou... Vou até sair de perto, não quero nem ver...

— Claro – respondeu Paco, ainda um pouco bêbado, mas já cabreiro.

Giovanne bem que tentou continuar, mas aquela verdalhada que ele bebeu horas antes fez remexer tudo dentro dele.

— Muito louco. Mas pera, eu já te conto – falou o paulistano, já correndo com a mão na boca para a moita mais próxima.

Paco aproveitou que o amigo passou mal para ir mais uma vez para baixo da *cachu*, onde ficou de olhos fechados por alguns minutos, em arrebatamento etílico. "Que coincidência encontrar o Giovanne! Coincidência maior ainda ele falar da Raion", pensou o artista plástico.

Giovanne, assim como Paco, não tinha estômago para suco verde e botou os bofes para fora na pobre da moita que elegeu para vomitar em cima.

Enquanto um passava mal e outro curava uma bebedeira com água gelada na cabeça, eis que chegam no mesmo lugar Vicenza e

Cadu bem apaixonados, tanto pela beleza do lugar quanto pelo que estavam sentindo um pelo outro.

– Não é lindo aqui? – perguntou Vicenza.

– Linda é você – Cadu respondeu (muito bem respondido, né?), completamente encantado por ela.

E então ele se aproximou dela, bem devagarzinho, e comentou, já quase sussurrando romanticamente, como ali era o lugar perfeito para...

– Nosso primeiro beijo? – Vicenza completou seu pensamento, para, em seguida, baixar os olhos e a cabeça, envergonhada.

– É... – disse ele, entre nervoso e ansioso.

Quando os dois finalmente estavam prestes a encostar os lábios depois daqueles maravilhosos segundos de olhos nos olhos que só os apaixonados conhecem...

– *Eeei! Larga a minha filhaaa!* – gritou Paco, já saindo da cachoeira como um ogro enraivecido e molhado.

Vicenza e Cadu se espantaram com aquele berro que surgiu inesperadamente do nada. Mas, passado o susto, no segundo seguinte a garota já experimentava um êxtase inédito na sua vida. Ela não sabia se ria da figura tosca vindo na sua direção, de fantasia ensopada e olhos borrados, ou se chorava com o fato de ter sido chamada de filha por Paco.

Filha!

Então, seus olhos viraram faísca. Ele se sentia seu pai. Pai! A vontade dela era congelar o momento para sempre e colocar em um globo de neve, só que em vez de neve, cairia água da *cachu* preferida de Paco, aquele homem que ela tanto amava, de um jeito tão, tão puro e bonito e...

— Filha? Ela é *minha* filha! – berrou Giovanne, que voltava da moita, atordoado, e ia na direção dela como uma leoa prestes a defender seu filhote do perigo.

Vicenza certamente ficaria muito feliz também por ser chamada de filha por Giovanne, mas o desconforto causado pela situação inesperada não deixou. Em vez disso, ela sentiu um frio na barriga diferente, não daqueles bons, de montanha-russa, de primeiro beijo, de alegria infinita. Com as mãos na boca que estava prestes a beijar pela primeira vez, ela sentiu as lágrimas brotarem por conta de uma emoção nada bacana: tensão.

— *Sua* filha? Que história é essa, Vicenza? – Paco perguntou, indignado.

— Calma. Eu posso explicar... eu... eu... – disse ela, arrasada.

— Como foi que vocês se encontraram? – Cadu pergunta.

— Shhh! – ordenou Paco, irritado.

— Cala a boca, moleque! – Giovanne fez coro.

— É que... Eu nunca soube quem era meu pai... – começou Vicenza – e, de repente, eu me vi com *dois pais* e...

— Dois pais?! Que negócio é esse de dois pais? – indagou Paco, muito pau da vida.

— É! Que história é essa? – perguntou Giovanne, visivelmente decepcionado.

Decepção. Tudo o que Vicenza não queria causar em nenhum dos dois estava acontecendo ali, na sua frente, e da pior maneira possível. Ela respirou fundo antes de prosseguir.

— Arrumando o arquivo do "Ameba", eu achei uma foto de vocês dois com a minha mãe e...

— Cê foi atrás do Giovanne sem me falar? — questionou Paco, cada vez mais indignado.

— Ele pode ser meu pai também! — ela argumentou.

— E por que você não me falou antes do Paco? — quis saber Giovanne, irritado.

— Porque eu não queria magoar vocês, eu só queri...

— Cê tá falando sério, Vicenza?!

— Paco, não fica assim, por fav...

— Você tava enrolando nós dois? — questionou Giovanne.

— Tava — disse Paco.

— Nãããoo!!!!!!! — gritou a garota, em um desespero de dar dó.

Cadu tentou ajudar:

— Calma, gente, ela só queria...

— Cala a boca! — Giovanne gritou para o garoto.

— Tu quer apanhar, moleque? — Paco falou para Cadu.

Seria cômico se não fosse trágico. Eles estavam decepcionados e magoados com Vicenza, mas seguiam implicando com Cadu, mesmo naquela situação. Entendendo que aquele problema não era seu e que era melhor não se meter, o garoto imediatamente parou de falar.

— Quer saber? Ela deve ser sua filha, mesmo, Paco. Egoísta que nem você — atacou Giovanne.

— Não fala assim, Giovanne... — pediu Vicenza, já aos prantos.

— Engraçado... eu to achando que ela é bem sua filha! Insensível, manipuladora... — devolveu Paco.

Insensível? Manipuladora? Puxa, Paco, pegou pesado. Ela não é nada disso.

– Paco... – disse Vicenza, num fiapo de voz.

– Eu que apresentei a Raion pra esse cara! – disse Paco.

– Ah! Você não tinha nada com ela! – rebateu Giovanne.

– Tinha sim! Cê não sabe de nada! – gritou Paco, mais irritado a cada segundo.

– Para com isso, gente, por fav... – a garota pediu, angustiada.

E então Paco virou as costas e saiu andando, deixando Giovanne e Vicenza para trás.

– Isso, vai embora! Você não cresceu, né, Paco?! – perguntou Giovanne.

– É! Não cresci, não! – resmungou o artista, caminhando a passos largos para longe dali.

Antes de fazer o mesmo, Giovanne lançou para Vicenza um olhar de decepção que valeu mais que mil palavras horríveis. Então ela olhou para Cadu e desabou em um choro doído.

– Eu amo tanto os dois, Cadu... tanto...

Empático, o garoto puxou Vicenza para um abraço e tentou acalmá-la.

– Agora eu perdi os dois – concluiu, desolada.

– Calma, Vi... não perdeu, não... Eles te adoram.

– Não adoram, não! Eles me odeiam! Você não viu?

– Adoram sim, tá na cara que adoram – disse ele. – Mas, pô... eu falei que essa história não ia dar certo.

– O quê?! – fez Vicenza, separando-se dele com os braços.

— Ah, Vicenza, falei pra você contar para os dois.

E foi a vez de Vicenza se decepcionar. Ela não esperava por mais aquele golpe: a falta de sensibilidade e empatia do garoto mais bacana que ela conhecia.

— Vai embora, Cadu — pediu, enfática.

— Não! Calma.

— Cadu, por favor. Eu quero ficar sozinha.

— Mas...

— Me deixa sozinha. Por favor! — implorou, já caminhando na direção das pedras da cachoeira.

E lá foi Vicenza sofrer sentada nas pedras daquele lugar mágico, que ela e seus dois pais tinham em comum. Aquele lugar que, em tão pouco tempo, já significava tanto para ela. "Estraguei tudo. Tudo!", lamentou, sentindo a água nos pés. "Tanto esforço para nada. Tantas táticas, tanta vontade de não magoar nenhum, de amar os dois, a festa cheia de tensão para que eles não se encontrassem... tudo em vão. O destino não queria mesmo que eu tivesse pai", Vicenza chegou a pensar.

"Eu só queria ter alguém pra chamar de pai. E quando eu consigo, dá tudo errado", elucubrava a jovem, enquanto caminhava a esmo.

O dia amanheceu quente e cinza, como a alma de Vicenza naquele momento. As horas andaram rápido e o sono nem pensou em passar perto dela, que estava acordada desde cedo por conta da festa que deu certo, mas que depois deu tão errado. Sua vontade era sumir do mapa.

O sol já estava a pino quando nossa heroína se viu vagando, fantasiada e atônita, pela ruas do Centro, com seus prédios gigantescos e sua gente engravatada e apressada. Cabisbaixa, andou sem rumo até voltar para a sede do bloco.

    A alegria e a decoração pré-carnavalesca dos lugares contrastavam com o estado de espírito da garota, um dissabor lancinante. Não era nada fácil se dar conta de que o sonho tinha acabado.

    Ela não tinha pai. Nem dois, nem um. Nenhum. Enquanto caminhava vagarosa e tristemente rumo ao "Ameba Desnuda", lamentava o tempo que tinha perdido tentando ganhar a confiança e o carinho de Paco e de Giovanne. E recusava, sem hesitar, a vigésima ligação de Cadu. Ela não queria falar com ele. Ela não queria falar com ninguém. Nem tampouco com ela mesma.

# Um gosto amargo na boca

Ainda com um gosto amargo na boca, do vômito e do desapontamento que tinha acabado de viver, Giovanne dirigiu sem forças para brigar com as lágrimas que teimavam em cair. Parecia viver um pesadelo. Outro dia mesmo estava naquela cachoeira com a filha que já queria chamar de sua, e agora o destino vinha com essa. Além de correr o risco de ela não ser sua, *Paco* podia ser o verdadeiro pai da garota.

Era para ser um fim de festa agradável entre velhos amigos. Estava tão bom o reencontro com Paco até Vicenza chegar... Por que ela não contou para ele? Por que não se abriu? Será que não confiava nele? Ele já confiava tanto nela... "Sempre tão verdadeira e transparente", pensou. E achou que pensou errado, ela não é nada disso, dizia um lado de seu cérebro. "Ela é uma dissimulada", delirava o outro.

Por mais que Giovanne soubesse que Vicenza estava longe de ser do mal ou dissimulada, ou talvez justamente por isso, ele realmente não esperava nada parecido dela. Naquele minuto, ele se deu conta: "Então é assim que se sentem as pessoas apunhaladas pelas costas?".

Não bastasse o fato de sentir-se enganado, o executivo irritou-se seriamente ao descobrir que glitter não sai com nada. Nem com sabonete, detergente, palha de aço, desinfetante, reza forte ou cuspe. E nesse astral supergostoso, nesse cenário de fúria e traição, ele vestiu o terno e foi trabalhar em seu escritório careta com o brilho da noite anterior, que gostaria mesmo é de esquecer.

Foi recebido com olhares de estranhamento, obviamente. Por que, afinal, tinha *purpurina* no pescoço do GIOVANNE?! Onde aquele cara, que só frequentava restaurantes e hotéis cinco estrelas, tinha ido de purpurina? De novo: *pur-pu-ri-na*?! Purpurina e Giovanne definitivamente NÃO davam *match*, qualquer extraterrestre era capaz de perceber isso assim que conhecesse o cara.

— Que foi? Nunca usaram glitter? — soltou um grito no meio do escritório, ao notar o espanto dos colegas engravatados, tão caretas quanto ele. — Não sabem que essa bosta não sai? Simplesmente não sai! — concluiu, irritadíssimo, enquanto pisava duro rumo à sua mesa com vista para a Baía de Guanabara.

Sentado diante do computador, tentando de verdade botar a sua atenção na oscilação do mercado, na subida do dólar e na queda do Ibovespa, Giovanne deu a ordem como se fosse um tirano (coisa que ele nunca chegou nem perto de ser):

— Ju, compra mais ação da Agrobusiness!

A moça, que trabalhava com ele havia dois anos, se assustou.

— Mas você não ia parar de investir neles? — perguntou, receosa e preocupada.

— Mudei de ideia! Pode comprar!

— T-tá bom... ok!

Clima tenso no escritório. O que diabos tinha acontecido com o pacato e sorridente Giovanne, meu Deus do céu?

– Espera, não compra! – o executivo se arrependeu no segundo seguinte.

A assistente parou de digitar na hora.

Dava agonia, mas Giovanne tamborilava os dedos nervosos no teclado do computador com uma mão, e coçava o maldito *glitter* no pescoço com a outra. Isso tudo fazendo grunhidos bem estranhos. Não tava bom, não.

– Vou... eu vou embora, vou trabalhar de casa hoje – declarou.

Naquele momento, o nome de Giovanne era *tristeza*. E o sobrenome, *infinita*.

Não muito diferente de Giovanne, mas sem sombra de dúvidas com mais intensidade que ele (artista e pisciano, né, mores?), Paco resolveu pintar ao som de Moonlight Sonata, do Beethoven. Se isso não é densidade misturada com melancolia, eu não sei o que é.

Ainda com o olho meio borrado, mesmo depois do banho (ele nem se lembrava que lápis preto, assim como glitter, também não saía fácil), Paco dava pinceladas fortes na tela. Todas na cor preta. Mais que fortes, raivosas. Era indignação em forma de arte.

"Eu me mostrei inteiro pra essa garota, eu me doei, mostrei o meu lado mais frágil e vulnerável, e é assim que ela retribui?", indagava-se, enquanto despejava, cheio de dor, seu rancor na tela.

Quanto mais ele preenchia o espaço em branco, mais vazio seu peito ficava. O amargo que brotou na sua boca fez o suco verde da Vicenza parecer uma delícia. Ingratidão, dizia aquela obra em construção. Era essa a palavra que pulava na cama elástica da sua cabeça sem parar. *Ingratidão*. Palavra horrível, vergonhosa, como a pintura que ele estava fazendo.

Frustrado, o artista atirou o pote de tinta no cavalete. Não contente, jogou o pincel em seguida. E respirou fundo. "Ódio!", ele pensou. Mas, assim como a ingratidão, o ódio era uma coisa que ele não suportava sentir, e olhou para o lado. Já não havia mais nada na garrafa long-neck pousada perto dele, que precisava de mais uma cerveja. A quarta do dia, que estava apenas começando.

Seu celular tremeu, o coração de Paco disparou, e o ar faltou por alguns segundos. E logo voltou pesado. Inspirou e expirou lentamente mais uma vez antes de olhar a tela do aparelho. Não era Vicenza.

"Ufa", comemorou seu consciente, querendo acreditar no alívio de não ser a menina.

Ele baixou a cabeça.

"Puxa", ele lamentou, agora coerente com o que realmente sentiu ao ver que não, não era Vicenza.

Nora
Taí? Pode falar rapidinho?

Nora era sua marchand. Ele até podia, mas não queria falar, rapidinho ou demoradinho, nem com ela e nem com ninguém.

Nora
É sobre a expo de NY! O dono da galeria quer saber uma coisa que eu não sei responder.

E Nora, que já podemos chamar de Insistente Nora, telefonou. Tá, devia ser mesmo urgente. Mas podia ser qualquer coisa, podia ser a notícia de que as telas da exposição tinham sido avaliadas a peso de ouro, podia ser a informação de que ele tinha ganhado na loteria, ou que todos os seus problemas acabaram...

O pior dos seus problemas, Paco sabia, doía de um jeito dilacerante, e seguia sem solução, o que deixava seu peito cor de chumbo, como a tela que tinha acabado de abandonar.

Abandonado. Entre outras sensações horrorosas, era assim que Paco se sentia.

O inesperado que muda tudo

Parecendo uma porta-estandarte da desilusão, Vicenza chegou à sede do "Ameba" com os olhos grudados no chão, e não falou com ninguém. Passou por todos em silêncio, coisa que não era nada do seu feitio.

Lucinha olhou para Betina desconfiada, e ambas se preocuparam com ela. A menina passou direto também por Cadu, que a esperava jogando um joguinho no celular, e por pouco não a viu passar. Em um salto, se levantou e inquiriu:

– Caramba, Vicenza, onde você se meteu? Por que não atendeu ao telefone? Eu tô há um tempão te lig...

– Não tô a fim de falar, não, Cadu.

– Pô, Vicenza, eu superpreocupado aqui e você me trata assim?

– Você acha que eu devo satisfação pra você? – perguntou, quase raivosa.

Pobre Cadu.

– Pô... acho que deve – ele foi sincero.

Então Vicenza respirou fundo.

– Cadu, você consegue imaginar tudo que tá acontecendo na minha cabeça agora? Cê tem noção do que é nunca ter tido um pai? – disse, despejando no garoto a tristeza que estava sentindo.

O menino, constrangido, fez que não com a cabeça, e morreu de pena quando a moça começou a chorar, mas seguiu falando. E se ouvindo, e sentindo uma dor horrorosa a cada palavra dita.

– Você sabe como é encontrar esse pai, achar outro e perder os dois logo depois? E por culpa sua?

Cadu baixou os olhos. Não, ele não sabia, mas por que Vicenza estava falando com ele assim? O que ele tinha feito de errado, além de se preocupar com ela? Por que essa agressividade com ele, que só queria seu bem?

Ah, o ser humano e suas reações descabidas... Vicenza estava nervosa, magoada, frustrada. E parece que quando se vê nesse estado, a gente se acha no direito de descarregar todo o nosso desconforto emocional em cima de quem a gente gosta muito. Mesmo magoado, Cadu sabia que a garota não queria seu mal. Vicenza jamais desejaria o mal de alguém.

Sem palavras, o garoto a viu se afastar rapidamente, como se quisesse fugir dele.

– Vicenza! – tentou, em vão.

Subindo a escada com passos desolados, porém firmes, ela nem sequer fingiu que ouviu.

– Vicenz...

– Shhh – fez uma sábia voz que chegou de mansinho.

Voz de avô, que sempre acolhe a alma.

– Não vai, não, filho – aconselhou Arthur. – Ela precisa ficar sozinha.

– Pô, vô, eu só queria fal...

— Eu sei. Eu sei. Mas ouve seu velho aqui, não vai, não. Amanhã vocês conversam.

Arrasado, Cadu engoliu em seco e pousou a cabeça no ombro macio do avô.

Na solidão de seu quarto, Vicenza desabou. Entrou no banho, e a água fria do chuveiro contrastava com o quente das suas lágrimas, que caíam copiosamente por seu rosto sardentinho. A garota queria que aquela ducha limpasse toda a sujeira que tinha feito com seus pais. "Sim, foi sujeira", ela acabou concluindo. "Traí a confiança dos caras mais legais que eu já conheci", lamentou.

De cabelos molhados e camisola, deitou-se na cama e chorou mais ainda ao ver as fotos dela com os dois no celular. Com Giovanne na cozinha dos sonhos, na cachoeira, na Confeitaria Colombo, e com Paco na frente da tela que pintaram juntos, no museu, na praia... Ambos gostavam da ideia de ser pai dela. Ambos estavam dispostos a chamar Vicenza de filha, ambos mal a conheciam, mas já a amavam de um jeito muito, muito louco.

Chorar sem música é bom, mas com música melhora muito o grau da tristeza, certo? E catando acordes para entorpecer-se de melancolia, achou *Partilhar*, cantada por Rubel e Anavitória. Uma música romântica, sem dúvida, mas cuja letra, naquele momento, fez todo sentido para ela.

Se for preciso eu pego um barco, eu remo
Por seis meses, como peixe pra te ver
Tão pra inventar um mar grande o bastante
Que me assuste, e que eu desista de você

Ao ouvir esses versos, Vicenza se imaginou remando (ou nadando, ou correndo, ou andando sobre pernas de pau) por seis, dez, vinte e sete meses para ver seus pais, com um único objetivo: partilhar a vida boa com eles, como diz o refrão da música. Ela jamais desistiria deles... mas eles... eles desistiram dela, e isso ficou bem claro na cabeça da nossa protagonista desde o momento em que ambos a deixaram sozinha com olhares repreensores.

Vicenza sentiu-se órfã como jamais havia se sentido antes. Era estranho. Era como se tivesse perdido o pai, como se estivesse vivendo um luto, mesmo sem nenhuma morte envolvida. "Eu com certeza morri para eles", concluiu, chorando baixinho. Doía saber que a esperança de ter uma figura paterna foi embora cachoeira abaixo.

E tome choro até que... por que não mandar essa canção tão singela para as duas pessoas mais importantes da sua vida nas últimas semanas? Quem sabe ela não ajudaria a amolecer o coração de Paco e de Giovanne? Quem sabe a música faria os dois mudarem de ideia em relação a ela? "Só quero que eles entendam que não foi por mal. E que a última coisa que eu queria era decepcionar os dois."

Mas... e se eles reagissem com agressividade? Ou, pior, se nem respondessem? Ou se odiassem a música? Não, era impossível odiar aquela música, cujas palavras diziam exatamente o que ela sentia por eles. Respirou fundo e clicou em "compartilhar" no aplicativo de música onde ouvia a canção. Mandou para os dois ao mesmo tempo. E soltou um suspiro aliviado.

"Uma música vale mais que mil textões", concluiu Vicenza. E por mais vasto que fosse seu vocabulário, nada a definia mais que os versos:

Pai em dobro

Que amor tão grande
tem que ser vivido a todo instante
e a cada hora que eu tô longe
é um desperdício.

Era isso, exatamente isso, que ela sentia.

Chorar cansa, e Vicenza não demorou a perceber. E na luta entre o sono e a ansiedade de ver a resposta dos pais, as pálpebras pesadas venceram por nocaute, fazendo nossa menina adormecer com o celular entre as mãos, na esperança de que ele a despertasse daquele pesadelo. Ela só queria um "Tá tudo certo. Eu te amo. Amanhã a gente conversa". Qualquer coisa assim. Qualquer coisa.

No dia seguinte, quando o sol bateu na janela e foi direto para a cara de Vicenza, ela acordou em um salto. Quase derrubou o celular no chão, de tão aflita. Com as mãos suando, acendeu a tela e nada. Nada. N-a-d-a. Nenhuma palavra, nenhum emoji, nenhuma vírgula. Só havia o silêncio, real e virtual, espesso como uma calda de chocolate bem-feita.

Desapontada, nossa protagonista olhou para o sol que entrou no quarto sem pedir licença, aproveitando-se do desleixo dela, que dormiu com as cortinas abertas. "Eu entendi o recado, universo. Eu entendi!", pensou Vicenza, irritada, com uma raiva triste que beliscava com força sua nuca. Precisou respirar fundo para se reconectar consigo mesma e levantar da cama.

No chuveiro, ela tomou uma importante decisão.

Cadu não acreditou no que viu quando entrou no quarto da moça.

— Aonde cê vai? – ele perguntou, assustado nível coração batendo no céu da boca, ao ver a menina botando roupas na mochila.

— Pra casa.

— O quê?! Como "pra casa"?

— Minha mãe tava certa, Cadu. Não era pra eu conhecer meu pai – argumentou a garota, toda chorosa.

— Mas hoje é o dia que o bloco sai, Vicenza! Depois de tanta coisa que você fez pelo "Ameba", você vai embora sem nem ver o Carnaval? Tem certeza?

— Não dá, Cadu...

E na mesma hora, ela engoliu o choro.

De repente, Cadu mostrou dois envelopes. Os olhos da menina não piscavam.

— Você vai querer ir embora antes de ver isso aqui também?

— É o resultado?

— É.

Ele tinha nas mãos a resposta para a maior questão da vida de Vicenza, aquela menina que parecia tão frágil ali na sua frente. E ela estava temerosa, curiosa, nervosa, desesperançosa. Não era para menos. Ele segurava nome e sobrenome do seu verdadeiro pai. Ela ia saber, naquele minuto, quem era seu progenitor, afinal. Pegou os envelopes de Cadu e, quando se preparava para abri-los...

— Princenza, pô, desculpa entrar assim, mas... a chapa tá quente lá embaixo – avisou Nando, entrando sem bater. – Tem visita pra você.

"Visita?", berrou seu coração, com todas as veias e artérias.

Seria Paco, que a havia perdoado sinceramente? Ou Giovanne, que lhe chamaria para cozinhar, como se nada tivesse acontecido? Ou os dois juntos (ela começou a sonhar), prontos para dizer que todo mundo erra, que ela era uma filha perfeita e que "Partilhar", a música do Rubel, lhes tocou de maneira profunda? Era pedir demais?

Acelerada, a garota largou os envelopes sobre a cama e voou para fora do quarto. Ela queria sorrir, e chorar e...

– MÃE?!! – gritou assim que avistou, do alto da escada, a figura plácida de Raion. Sim, a própria.

Com o susto, a recém-chegada da Índia saiu do transe em que estava, olhando para aquele lugar, que trazia ótimas lembranças a ela. Vicenza correu para os braços da mãe com uma felicidade que dava gosto de ver. E vai dizer que a bichinha não merecia um momento feliz depois do caos emocional do dia anterior?

Raion não estava sozinha. Mãe Lua a acompanhava, e ela fechou os olhos durante o abraço das duas e começou uma curiosa sinfonia de estalar de dedos. Os alunos do "Ameba", além de Cadu e Nando, claro, acharam aquilo tudo muito esquisito, mas fingiram costume.

– Como é que você me achou aqui, mãe?

– Sou mãe, né, Vicenza? – Raion explicou. – Quando cheguei em casa vi o porta-retratos quebrado em cima da mesinha, vi que a foto do Paco não tava mais lá e... Ah... Entendi tudo, né? Aí vim pro Rio, pra bater na casa dele.

– É, e é aí que eu entro. Tava passando perto da casa do Paco quando vi sua mãe de longe e até achei que era você. Aí olhei pra geral e tava todo mundo fantasiado de você. Então mandei um: "Ó o bloco da Vicenza aí, gente!".

Todos riram com a explicação de Nando, aquela figura de coração gigante.

– Foi isso mesmo – confirmou Raion. – Agora acabou o momento fofura, Vicenza! Pode começar me explicando: Como é que você foge sem avisar ninguém na Universo Cósmico?

A menina baixou os olhos, envergonhada. E a mãe continuou:

– Isso é de uma insanidade que não tem tamanho!

Opa! Os olhos de Vicenza agora procuraram os de Raion, e ela retrucou, indignada:

– Mas você falou que tudo bem se fosse uma insanidade do coração! Uma insanidade que não fosse vontade, fosse neces...

– ...sidade, sim! Mamãe lembra, mamãe falou mesmo essa sandice. Mas... você não sabe que a mamãe é louca? Que não é pra escutar tudo que eu falo? Que... que... que eu... que eu sou uma péssima mãe?! – falou Raion, verdadeiramente sentida, lacrimejante e tudo.

– Não é, nada, mãezinha! Você é a melhor mãe do mundo! Vem cá.

E então Vicenza puxou a mãe para um abraço esmagado. Mãe Lua, ao ver mais um abraço, logo começou a orquestrar a nova leva de estalar de dedos. Estala daqui, estala dali, bate no peito daqui, opa!

– Mãe Lua!! – falou Vicenza, implorando com os olhos para que ela parasse com aquele clec, clec, clec insuportável. A cara dela era: "Eu sei, é o som cósmico do abraço, mas toda vez que eu abraçar minha mãe tem que ter trilha sonora?".

Mãe Lua entendeu prontamente a bronca e parou na hora.

A jovem continuou a falar para Raion:

– Mãe... eu sei que eu errei feio, eu devia ter confiado em você.

– Ô, filha... assumir o erro é um sinal de maturidade tão bonito. Você cresceu, meu amor. – Vicenza sorriu com a acolhida. Como era boa aquela sensação! – E ó, mamãe também errou, viu? Na Índia, mamãe viu que não é tão esotérica assim...

A menina não conseguiu segurar o riso. Sabia que a mãe tentava com afinco ser uma pessoa zen, mas era muito ligada no 220V para conseguir.

– ... e entendi de uma vez por todas que você é a coisa mais importante da minha vida, muito mais que qualquer guru indiano, que qualquer sonho, que qualquer missão. Nada vale a pena sem você do lado.

– Ô, mãe!!! – exclamou a filha, jogando-se mais uma vez nos braços maternos.

– Se teve uma coisa que eu aprendi na Índia foi que ninguém tem controle sobre nada. Eu, por exemplo, achava que por ser sua mãe poderia controlar sua vida, mas não posso, infelizmente – explicou Raion, sincerona. – E, ao contrário do que venho dizendo há tantos anos, desde a primeira vez que você me perguntou sobre seu pai, você... você tem todo o direito de saber quem ele é, meu amor!

Vicenza se surpreendeu. Não esperava que sua mãe tivesse mudado de ideia sobre contar ou não a identidade de seu pai. Respirou fundo e decidiu que iria contar tudo:

– Então... sobre isso... – começou a jovem, avistando Cadu e vendo que ele estava com os envelopes com o resultado dos exames de DNA nas mãos.

Andou até ele, pegou os papéis e os entregou para a mãe.

– O que é isso? – perguntou Raion.

– Os exames de DNA do Paco e do Giovanne.

– Do Giovanne?! – indagou, com uma fisionomia indecifrável.

– É. Eu fui atrás dele também.

Raion ficou agitada. E confusa. E angustiada. Como é que Vicenza achou Giovanne, gente? Ela estava louca para saber. Quando ia perguntar, foi interrompida pela chegada intempestiva de Betina.

– Deu ruim, gente! Deu muito ruim! – disse a garota, que naquele momento era o desespero em forma de moradora de Santa Teresa.

– Calma, meu amor – pediu Arthur, que vinha logo atrás.

– O que foi que aconteceu, Bê? – perguntou Cadu, preocupado.

– O trio elétrico pegou fogo! – revelou Betina, agora sem conter as lágrimas.

– Alguém se machucou? – Nando quis saber.

– Não, Graças a Deus! Mas já tava tudo lá dentro, gente! Inclusive a grana que a gente arrecadou!

– A grana, Bê? – indagou Cadu, com desesperança no olhar.

– É – lamentou Betina, de cabeça baixa, entre envergonhada e devastada.

– Como foi que isso aconteceu? – perguntou Vicenza.

– Parece que o trio que eu aluguei "não comporta tanta luz" – explicou Betina.

– Caramba! – suspirou Cadu. – Acabou então, né?

– Acabou, Cadu. Desculpa... desculpa, gente – pediu Betina, desolada.

Pai em dobro

O clima pesou. E a casa sempre alegre de Arthur ficou cinzenta. Betina não resistiu e desabou nos braços do avô. Cadu estava com um misto de pena e, não julgue, ele é humano como você, também raiva da irmã (para que exagerar tanto na luz? O desfile pegaria só um pouco da noite, não fazia o menor sentido!). Mas nada que o impedisse de juntar-se a ela e ao avô naquele abraço necessário.

– Ê! Ê! Ê! – exclamou Raion, mexendo os braços, como se estivesse enxotando o desânimo dali. – Vamos acabar com esse baixo-astral! Que é que é isso? Vocês têm é que comemorar que ninguém se machucou, que tá todo mundo vivo! Além disso, nada acontece por acaso. Né, Mãe Lua?

Silêncio.

Mãe Lua estava lá, mas só tinha olhos para Arthur, aquele grisalho fortão, de barba longa e olhos muito vivos, que a fisgaram assim que ele entrou na sede do Ameba. Ela estava encantada por aquele "homão", como o descreveria mais tarde para quem quisesse ouvir.

– Mãe Lua?! – insistiu Raion, ao perceber o arrebatamento da amiga pelo fundador do bloco.

– Oi?! – fez Mãe Lua, recuperando-se do transe apaixonado no qual tinha entrado. – É, Raion! É... é isso mesmo! Vamos, gente, vamos mudar isso. Vamos espantar esse clima ruim, essa casa não combina com gente borocoxô! Vamos achar uma solução!

Ao dizer isso, Mãe Lua respirou fundo, fechou os olhos e começou a dar tapas no peito, a estalar os dedos mexendo vigorosamente os braços, em uma coreografia muito esquisita, cá entre nós, cujos passos foram imediatamente seguidos por Vicenza e por Raion. Com a fisionomia seríssima, pareciam estar em um transe, que logo contagiou o restante da casa. Em pouco tempo, estavam todos naquele enlouquecedor estalar de dedos.

– Já sei! – gritou Vicenza, assustando geral. – Esse incêndio foi um sinal!

– Sinal? – estranhou Betina.

– É! Betina, me desculpa, mas isso só aconteceu para o "Ameba Desnuda" sair como nos velhos tempos, com marchinha e samba antigo, com instrumento e gogó, e mais nada!

Ao ouvir a voz de Vicenza, Mãe Lua e Raion sorriram orgulhosas. Era óbvio, era evidente que era isso!

O acidente, para a menina, tinha sido um claro sinal do universo de que Carnaval bom é Carnaval raiz, sem modices, sem invencionices, sem eletrônico.

Betina se emocionou.

– Não precisa pedir desculpa, não, Vicenza. Carnaval raiz sempre foi a cara do "Ameba", não sei onde eu tava com a cabeça pra querer mudar isso.

Foi a vez de Arthur se emocionar e dar em sua neta um beijo aliviado. Ele estava triste, mas queria mesmo era tirar a tristeza (e a culpa gigante) que Betina sentia no momento. Avô, né?

– Eu não tenho ideia do que aconteceu aqui, mas adorei. Cadu, manda uma mensagem pra todos os alunos da percussão – ordenou Arthur.

– Agora! E para os professores também, né, vô?!

– Claro! Pra todo mundo! Vamos botar nosso bloco na rua! Viva o "Ameba Desnuda"!

– Viva!!!! – todos repetiram, quase em clima de confete e serpentina.

E nesse astral carnavalesco, Mãe Lua achou que era a hora de dizer o que queria desde que bateu os olhos em Arthur.

– O bloco vai sair, e vai sair lindo! – disse, calando os presentes que comemoravam a volta do "Ameba" à folia. – Como você.

Uau! Que mulher, senhores! Que mulher! Clap, clap, clap!

Melhor ainda que a cantada direta, foi a reação de Arthur, com uma cara espantada de "Opa! O que foi que ela disse? Foi isso mesmo que eu ouvi?".

E que maravilha a maturidade! Palmas para Mãe Lua, minha gente! Sentimentos bons devem ser compartilhados, sempre, a qualquer altura da vida.

– Prazer, eu sou Mãe Lua, mas... pode me chamar de Lua – falou a matriarca da Universo Cósmico, sedutora, charmosa, toda-toda, ao se apresentar para o novo crush.

Envaidecido por estar no radar daquela mulher linda, forte e solar, Arthur beijou a mão de Mãe Lua com ternura e olho no olho.

Cadu se animou, pegou o cavaquinho e cantou o samba do "Ameba" em ritmo de marchinha.

– *É Carnaval, essa energia absurda, é tradição...* – puxou Cadu.

– *O nosso bloco na rua!* – completou Betina, tentando esconder as lágrimas.

– *Vem pra brilhar, a festa é sua!* – Vicenza entrou na onda.

– *Ele voltooooooou* – desafinou Nando.

– *É o "Ameba Desnuda"!* – fizeram todos, para logo depois pularem pelo salão, como se o bloco estivesse ressurgindo das cinzas naquele exato momento.

E estava, né? Foi lindo.

Mãe Lua e Raion estavam encantadas com tanta animação e se esforçavam para aprender a letra do samba do bloco. Feliz com tudo o que estava acontecendo, Vicenza pegou seu celular para ver se tinha mensagem de alguém. Ou de alguéns. Estou falando de Paco e Giovanne, obviamente.

Não, não tinha. "Puxa... eles ficaram magoados mesmo comigo", pensou Vicenza, engolindo o choro. E fez de tudo para rumar para a alegria, sua casa desde sempre.

– Vem, mãe, vem ajudar a gente! – chamou a menina, botando no bolso os envelopes, ainda fechados, com o resultado.

Raion se pôs à disposição para ajudar e se surpreendeu ao ver como a filha estava à vontade naquele lugar tão especial para ela. Dava gosto ver Vicenza orquestrando o renascimento do "Ameba", botando a mão na massa, ligando para músicos, costurando camisetas e acessórios momescos.

Os músicos foram chegando e logo eram recrutados por Cadu para ensaiar o samba, para que ele não atravessasse em nenhum momento e o desfile saísse impecável, como tinha de ser. Nando se animou e veio todo estufado com um surdo na mão.

– Não! – disse Cadu para o amigo.

– Não o quê? Espera, me ouve tocar aqui, eu...

– Nando, na boa. A gente não tem tempo pra isso.

– Mas deu match entre o surdo e eu, cara, escuta só...

– Eu tenho um instrumento muito melhor que esse pra você, e bem mais leve também.

Ao dizer isso, Cadu deu ao "diretor musical" do bloco um chocalho, desses que se parecem com ovos de galinha.

– Um chocalho de criança? Sério? – reagiu Nando, sem esconder a decepção. – Cê não confia em mim, cara?

– Confio pra caramba! Por isso tô dando isso pra você. Na mão de uma criança não ia fazer a menor diferença no som, mas na sua, isso é ouro, mano! Tu vai dar um show com esse chocalho!

Que sacada! Cadu conhecia bem o amigo, que não demorou a abrir um sorrisão e se sentir muito importante, provavelmente já se vendo como mestre chocalheiro do "Ameba Desnuda", tamanha era sua autoestima. Em dois tempos, ele já estava animadíssimo ensaiando com os demais.

Observando todo aquele movimento e vendo as coisas ficarem prontas e lindas, Betina se emocionou. E falou baixinho, consigo mesma, mas Cadu, que estava perto, ouviu.

– O bloco vai sair! O bloco vai sair...

Então Cadu puxou a irmã para um abraço caloroso. Ao ver o gesto, Arthur, que olhava toda a movimentação com uma alegria danada no peito, juntou-se a eles. O abraço triplo logo virou quádruplo.

Não, não era Vicenza. Era Mãe Lua, que encostou bem encostadinho nas costas do fundador do bloco e entrelaçou seus braços no tronco dele, de olhos fechados e felizes. Arthur levou um susto, mas adorou aquele afago.

No táxi, a caminho do aeroporto, Paco não tirava os olhos do celular. A voz de sua verborrágica marchand, ao seu lado, soava aos seus ouvidos como sílabas ininteligíveis.

– Daqui a pouco você tem CBN por telefone, Marcella Sobral é a jornalista que vai te entrevistar. Amanhã tem o Village News assim que a gente chegar em Nova York, e depois a Folha quer falar com você, pode ser por e-mail ou mensagem, o que você preferir. Eles deram a opção de mandar as perguntas e você gravar as respostas por áudio, tá? À noite você janta com o dono da galeria, reservei o Nobu, que você ama, na manhã do dia seguinte tem...

Palavras, só palavras, que não faziam o menor sentido para ele naquele momento. Paco estava bem, bem longe dali.

Aquele dia também não estava feliz para Giovanne. Ele estava satisfeito de ir à Disney com os meninos? Claro que sim. Mas algo o impedia de comemorar a viagem. Quando Guilherme e Rael chegaram, ele bem que tentou se animar, com direito a braço para cima e tudo.

– Partiu Disneeey!!!! – disse, ao abrir a porta do apartamento para os enteados e a mãe, tentando aparentar a empolgação que gostaria de estar sentindo.

– Ieeeei! – reagiram eles, zero, eu disse ZERO, empolgados. Os dois já tinham ido ao parque de Orlando algumas vezes, ou seja, aquela viagem não era exatamente uma novidade.

– Eu queria que a Vicenza fosse com a gente... – reclamou Rael.

– Eu também. Um saco ela não ir. Ia ser demais ir com uma irmã mais velha nos brinquedos – complementou Guilherme.

Giovanne respirou fundo.

– Mas a gente vai se divertir. Prometo!

– Não promete o que você não sabe se vai poder cumprir, Giovanne. Eles são crianças. Crianças. Eles cobram o que a gente promete – Marta cochichou em seu ouvido, ao ver os dois irem para o quarto, cabisbaixos, como se estivessem indo para um velório. – Toma conta direito deles, por favor! E nada de ficar fazendo todas as vontades desses meninos. Você mima eles demais.

Com seu bom humor habitual, Marta largou as malas dos filhos no meio da sala, virou as costas e saiu da casa de Giovanne sem se despedir.

O resultado

O cenário em Santa Teresa já tinha mudado completamente de cores, de astral, e até o céu, que estava lusco-fusco, se abriu para o grande momento. Os músicos já estavam a postos, devidamente paramentados, e felizes por botar em pé novamente a bateria que embalou tantos Carnavais, por tantas décadas. Era chegada a hora de ressuscitar o bloco que nunca devia ter morrido.

– Gente, gente! – disse Lucinha, ao microfone. – Ó, acabei de falar com Ivete, e tá confirmado: ela não vem *mesmo*!

A piada era boba, mas, dita com o sotaque irresistível da comissária de bordo, fez todo mundo rir. Ali, ela fazia as vezes de cantora e mestre de cerimônias, e estava linda, de glitter da cabeça aos pés, bocona vermelha e uma fantasia romântica como ela.

Também no clima de Momo estavam Raion e Mãe Lua, que pareciam duas crianças, de tão felizes. Estava quase na hora de o bloco sair, e o coração de Vicenza e dos demais envolvidos já começava a se agitar, com aquele frio na barriga gostoso, sabe? A jovem olhava tudo em volta, embasbacada com o ineditismo daquele momento em sua vida, e com tantas cores e brilho e beleza. A alegria do Carnaval estava fascinando Vicenza de um tal jeito, que ela nem viu quem surgiu ao seu lado.

– Paco?! – exclamou, assim que saiu do transe carnavalesco e deu de cara com o artista mais bacana que ela conhecia sorrindo para ela. – Eu não acredito! – E ela se jogou nos braços dele com o peito rasgando de felicidade. Os dois se abraçaram longamente enquanto ela repetia: – Isso não é um sonho? Você tá aqui mesmo?

Emocionado, depois daquele *upa* apertado e cheio de saudade e amor, Paco respondeu:

– Tô. Claro que tô aqui, Vicenza. E quero estar perto de você em todos os momentos importantes da sua vida.

De olhos marejados, a garota sorriu com a cara inteira. Ela era o próprio emoji sorridente cheio de corações em volta.

– Mas e a exposição?

– Ela espera, eu vou depois. O que eu não podia era perder seu primeiro Carnaval.

– Que coisa linda! – disse ela, profundamente tocada. – Achei que você nunca mais ia querer me ver.

– Imagina! Família é assim. Briga, faz as pazes...

Família! "Ele falou família", ela repetiu em pensamento. Família!

E quando os dois iam dar mais um abraço, chegou mais alguém. Adivinha quem?

– Vicenza!

Era Giovanne, claro. Paco sentiu um ciúme quase infantil, mas disfarçou, cumprimentando-o educadamente. E, na real, ficou bem feliz de ver o executivo ali em um dia tão especial para sua menina.

Para a menina deles.

Assim como fez com Paco, Vicenza se jogou nos braços de Giovanne. Que saudade ele estava daquele abraço de urso...

– Você também me perdoou? – Vicenza perguntou.

– Claro, né?

– Mas e a Disney?

– Ao que parece, os meninos odeiam a Disney e adoram você! E eu também te adoro. Não fazia o menor sentido ir sem você pra lá ou pra qualquer outro lugar, Vicenza... – disse um emocionado Giovanne.

– Nossa, eu não tô nem acreditando...! Meu primeiro Carnaval já tá sendo o melhor da minha vida.

Os dois gostaram de ouvir isso, mas... era chegada a hora de Vicenza contar para os dois o conteúdo daqueles envelopes. Claro que entre o episódio do incêndio, os preparativos para a saída do bloco e o início do Carnaval, Vicenza abriu e leu os resultados. Ofegante, ela respirou fundo, pegou a mão de Giovanne e Paco e começou a falar:

– Eu amo vocês. Amo muito. Mas eu precisava saber qual dos dois era meu pai de verdade.

A tensão tomou o semblante de ambos.

– Por isso eu... eu fiz um exame de DNA para descobrir quem de vocês é meu pai biológico – revelou ela.

Os dois paralisaram com a informação. Nem piscavam.

Vicenza colocou os dois candidatos a pai frente a frente, pegou na pochete uma caneta, um bloco de Post-it, aqueles papéis de recado com adesivo na parte de trás, arrancou duas folhas e pediu:

– Vocês dois podem fechar os olhos, por favor?

Prontamente, ambos obedeceram.

– Eita, que meu coração acelerou – disse Giovanne.

– O meu também – disse Paco.

Óbvio que disparou, né? Que coração não dispararia nessa situação?

Vicenza, então, começou a escrever nas folhas. Paco tentou roubar e abriu o olho algumas vezes.

– Para, Paco! Não olha, por favor – pediu a garota, e seguiu escrevendo assim que ele cerrou os olhos de novo.

– Você quer matar a gente de ansiedade? – perguntou Giovanne.

– Não, pera! Vocês já vão saber.

Pronto!

Terminou e colou um papelzinho na testa de cada um.

– Quando eu falar já, vocês podem abrir os olhos e ler juntos o que eu escrevi?

– Claro. Já? – fez Paco.

Vicenza e Giovanne riram, mas era um riso de nervoso. Ela começou a contagem.

– Um, dois, três e... já!

Ansiosos, os dois abriram imediatamente os olhos e leram juntos, como ela havia pedido.

– *Quer ser pai da Vicenza?!* – os dois falaram ao mesmo tempo

– Como assim? Não entendi – disse Paco.

– Nem eu – disse Giovanne.

Vicenza inspirou profundamente antes de falar.

— É simples: nenhum de vocês dois é meu pai biológico.

Alguns minutos de silêncio, que pareceram séculos, deixaram os dois em suspensão, sem respirar, como se eles estivessem tentando raciocinar.

— Como é que é?! — indagou Giovanne, chocado.

— Não pode ser... então você... você não é minha fil...?! — Paco pensou alto, sem esconder o desapontamento.

Eles estavam arrasados. Sem saber o que falar, como agir, o que pensar, ou para onde olhar...

Ao ver a decepção dos dois, ela falou:

— Ah, não! Não fica assim, gente! — pediu Vicenza, com lágrimas nos olhos. — Esse exame só serviu pra mostrar que o que eu criei com vocês é tão forte, que é muito mais que qualquer laço de sangue.

Opa! Essa frase chamou a atenção de Paco e de Giovanne, que agora prestavam atenção na menina como se fossem nerds sentados na primeira fila de uma aula de física. Vicenza continuou:

— Pai de verdade é quem quer estar perto do filho. E olha onde vocês estão! E no dia de hoje, que era tão importante para vocês dois.

Ah, Vicenza... É isso! Exatamente isso. Simples assim.

Paco e Giovanne se emocionaram. Que bonita a alma daquela menina...!

— Eu não preciso ter o DNA de vocês. Eu só preciso... ter o amor de vocês. Eu amo você, *pai* — disse ela para Giovanne, que agora não conseguia parar de chorar.

— Ô, Vicenza, não faz isso, não — pediu ele. — Eu também te amo.

Vicenza sorriu com os olhos cheios d'água. E logo virou-se para Paco, que a olhava tentando prender o choro:

– Eu amo você, *pai*.

– Eu também te amo! Te amo muito, cê não faz ideia – revelou o artista plástico.

– Então... vocês aceitam ser meus pais?

Ah, que pergunta difícil de ser respondida!

– Eu já me sinto seu pai... – disse Paco, do fundo do coração.

– Eu também. É uma honra ser seu pai – afirmou Giovanne.

As lágrimas escorriam agora no rosto dos três, que se abraçaram com todo o amor que tinha dentro deles.

De longe, Raion assistia a tudo e não resistiu, foi juntar-se a eles:

– Que coisa linda vocês juntos!

– Raion?! – espantou-se Paco, com seus olhos de faísca finalmente faiscando novamente.

– Oi, Paco... – disse ela, levemente sedutora.

Os dois tiveram um momento de troca de olhares breve, porém intenso. Estava nítido, ambos gostaram de se ver depois de tanto tempo. E mais! Ambos gostaram do que viram. Ambos sentiram um ziriguidum delicioso no coração.

– Mas você não tava na Índia? – perguntou Giovanne, quebrando o clima entre os dois.

– Voltei, Giovanne. E voltei decidida a contar pra Vicenza o que ela sempre quis saber.

Raion, então, foi até sua bolsa e entregou para Vicenza um envelopinho vermelho.

— Tá aqui filha: nome, endereço e telefone do seu pai – disse Raion, antes de respirar fundo e, com olhos marejados, prosseguir: – Ele nunca quis saber de você, mas eu não posso mais impedir que você conheça quem ele é.

Ah, meu Deus! Jura que a Raion tinha que vir com essa justo àquela hora? De novo os pais de Vicenza ficaram tristes. E curiosos. E também com uma certa raiva – da Raion, por ela resolver revelar, naquele momento tão lindo, a identidade do pai da nossa protagonista, e desse pai, que eles nunca viram mas já odiavam com todas as forças.

Tensa, curiosa e assustada, Vicenza pegou o envelope. Apreensivos, Paco e Giovanne pareciam ter parado de respirar. Era muita emoção pra um dia só, gente!

Vicenza encheu o peito de ar e, em vez de abrir, rasgou o envelope em pedaços bem pequeninos e jogou pra cima feito confete. Paco e Giovanne agora eram só sorrisos. Daqueles gigantes, que não cabem no rosto, sabe?

— Eu já tenho pai, mãe – falou Vicenza, abraçando em seguida os dois, cada um com um braço. – Dois pais – concluiu, com o peito cheio de amor.

Emocionada, Raion sorriu orgulhosa. Como ela tinha criado bem sua menina!

Nesse momento, Cadu chegou para convocar os quatro.

— Bora lá, gente? O bloco vai sair! – chamou Cadu, espantando o chororô daquela família linda.

— Bora! – respondeu Vicenza, limpando as lágrimas.

— Viva o Ameba Desnudaaaa! – gritou Paco.

Pai em dobro

— Viva! — Raion e Giovanne fizeram em coro, naquele misto de lágrimas e alegria.

— Vai, filha! Vai ser feliz! — disse Raion.

Enquanto observavam a filha subindo a ladeira, indo para perto da bateria para brilhar em seu primeiro Carnaval, os três se abraçaram, com uma felicidade (diferente de todas as felicidades que já tinham sentido até então, vale dizer) que mal cabia no coração.

O bloco saiu lindo, colorido, animado, com gente de todas as idades, já que o "Ameba" sempre foi um bloco família, afinal de contas. À frente da bateria, Vicenza — meio desajeitada, meio tímida, mas muito empolgada, arriscando, inclusive, uns passos de samba — veio de porta-estandarte. Betina não conseguiu conter a emoção e borrou a maquiagem com as lágrimas que derramou ao ver o bloco na rua.

— É suor, gente! — dizia ela, para não perder a fama de durona.

Ali perto de Vicenza, Arthur e Mãe Lua sambavam como se não houvesse amanhã, numa alegria infinita e um amor cuja semente tinha sido plantada havia pouco tempo, mas já parecia madura de berço, como nossa protagonista. Os dois pareciam dois adolescentes apaixonados, com uma intensidade pura no olhar, nos abraços, nos beijos, nos olhares.

Então Lucinha puxou Máscara Negra, o hino que Zé Ketti e Pereira Matos fizeram para o Carnaval de 1967 e que até hoje não pode faltar em nenhum bloco que se preze. O refrão, poético e grudento, entoado a mil pulmões ano após ano desde que caiu na boca do povo, foi a trilha sonora perfeita para embalar o clima de romance que sambava no ar.

*Vou beijar-te agora
não me leve a mal
Hoje é Carnaval.*

Nessa parte da música, para muitos o ponto alto do Carnaval, os foliões de rua pulam, riem, choram, se abraçam, se beijam. É lindo.

E foi nesse momento do beijo que Cadu, espertinho, enrolou a cintura de Vicenza com o braço, chamou na chincha direitinho e disse:

— Esse beijo já mais que passou da hora de acontecer, né não?

Vicenza não respondeu.

Quer dizer, respondeu encostando sua boca na dele, que ela também não era boba, nem nada! E sob uma chuva de confetes que parecia fazer daquele encontro uma fábula. Uma fábula com final feliz.

— Olha as coisas melhorando, Cadu desencalhou, meu povo! — disse Lucinha, ao ver o esperado momento romântico.

Vicenza riu. Cadu riu também, todo envergonhado, a coisa mais linda.

— Amei seu beijo. Quero mais — disse, já beijando o que ela chamava de boquinha de almofada, lembra?

Já disse, mas vou dizer de novo: bem filha da Raion, essa menina.

Família ê, família á, família!

Mas o fim desta história mágica não podia ser feliz, ele tinha que ser *muito* feliz!

Não podia ser clichê, tinha que ser *muito* clichê.

E foi!

Em exatos onze dias, Paco, Vicenza, Raion e Giovanne, que "não perderia por nada a primeira vez da filha em um avião", embarcaram para Nova York.

Paco mal se lembrava do que era o frio na barriga de uma exposição, e logo em Nova York! E até no *NY Times* saiu matéria! Foi um sucesso! Não tão grande, claro, quanto o da construção da relação daquela nova família. Paco se sentia à vontade com eles, como se a vida nunca o tivesse separado de Raion e Giovanne. Como se ele tivesse acompanhado Vicenza crescer.

– Tô amando essa viagem! – foi a frase repetida 2.974 vezes por Vicenza.

Essa aí de cima ela disse em um dia de hambúrguer, em que estavam só Paco e ela. (Ah! Esses parênteses aqui são só para dizer que ela adorava a sensação de não ter que esconder nada de nenhum dos dois.)

— Brigada por me dar minha primeira viagem internacional — ela agradeceu.

— A gente vai viajar muito ainda — disse Paco. — Mas só tô aqui por sua causa, já falei.

Apesar do frio de dois graus, o coração de Vicenza esquentou. E esquentou de novo quando ela conheceu o tio Dado, que viajou para prestigiar a exposição do irmão, quando foi à loja da Disney com Giovanne, quando Paco a levou para comer "a melhor pizza de Nova York", quando Raion e ela meditaram no Central Park, quando ela e Giovanne flanaram por uma rua no Village entrando em todas as muitas lojas de cozinha, quando Paco cismou de pintar na Times Square...

Foram dias de muito riso, união, entrosamento e autoconhecimento, coisa que Vicenza fez cada um dos três viver. Na volta ao Rio, Raion perguntou à filha se podia ficar com ela na cidade.

— Mentira! — reagiu a garota, voando para os braços da mãe.

Enquanto Vicenza conhecia melhor seus dois pais, Raion aproveitou para matar a saudade do Rio de Janeiro e contar, entre uma trilha e outra, sua história com Paco e com Giovanne.

— Quando eu saí daqui, sabia que ia sentir muita saudade. Mas a verdade é que tanto o Paco quanto o Giovanne foram experiências únicas e especiais. Eu só guardo essa foto porque... ela é minha única recordação daquele Carnaval... Mamãe perdeu as outras pelo caminho, não sei como.

Vicenza riu. Perder coisas pelo caminho era um clássico de Raion, que seguiu falando:

— Amo o Paco, mas podia ser um desconhecido do meu lado, um ET de salto alto, sei lá. O registro em si é o que vale pra mim. Não o Paco, entendeu?

— Eu ia amar se vocês dois namorassem. Vocês são muito a cara um do outro.

— Ai, Vicenza, como você é clichê, cruzes.

— Ué. Tô só falando. Eu vejo o jeito como ele te olha. Aposto que ele te acha bem bonita.

— Mas eu sou, gente! – reagiu Raion, moleca.

As duas riram. O celular de Vicenza fez PLIM. Ela se despediu da mãe e saiu. Era hora de ir aprender um prato novo com Giovanne.

E foi a vez de Raion sentir o celular tremer. Seu semblante faceiro mudou. Ela ficou séria, de repente.

Era Miguel, o terceiro elemento daquele longínquo Carnaval que Raion passou no Rio.

Depois do que Raion chamou de três meses sabáticos no Rio, era hora de voltar para casa.

Ou não.

— Filha, a mamãe é do mundo, você sabe. Mas já rodei muito, tô com saudade da nossa casinha na Universo Cósmico. Se você quiser ficar, ou sair por aí viajando, buscan...

— Eu também tô com saudade da nossa casinha, mãe. Muita saudade. Dela, da Mãe Lua, do pessoal de lá...

Mãe e filha se abraçaram e choraram só de pensar no drama que ia ser contar para Paco e para Giovanne que ela ia embora, e o drama que ia ser a despedida dos dois.

O rio de lágrimas esperado e exagerado aconteceu, obviamente. Para parar o choro dos pais, Vicenza lançou no ar uma ideia, de supetão:

– Por que a gente não leva as obras do Paco para a Universo Cósmico e monta uma exposição lá?

– Ótima ideia, filha! Assim esses dois bebezões vão te visitar já, já, daqui a duas semanas.

– Duas? – fizeram os dois, com o coração pequenininho.

– Ué, gente. Vocês querem menos? Não sei, não entendo nada de exposição, não sei quanto tempo se leva pra montar uma. Precisa de muitos dias?

Precisa de muitos dias, sim.

– Não! – mentiu Paco. – Já sei! Eu vou e monto com vocês.

– Eu vou no fim de semana – avisou Giovanne.

Vicenza sorriu. Era muito amor. E era muito bom ter pai em dobro. Amor em dobro.

Dias depois, num fim de semana, acontecia a vernissage do artista plástico preferido de Vicenza, no seu lugar preferido do mundo. As cores das telas de Paco fizeram a Universo Cósmico ficar ainda mais bonita.

A comunidade era só alegria. Mãe Lua e Arthur viraram empolgados anfitriões, e adoravam repetir a história de Vicenza e seus dois pais para quem quisesse ouvir. A garota só achava graça. Hóspedes e moradores se embeveciam com as telas ao som de uma cítara meio irritante, que Raion queria quebrar na cabeça do músico, mas que Vicenza amava. Cadu, Nando e Betina estavam lá também. Além de

Lucinha, que tinha se descoberto uma *haribô* de raiz. Não queria sair de lá por nada.

No fim da tarde, Paco mal conseguia piscar diante do autorretrato de Vicenza, aquele do comecinho da história, lembra? Que ela não conseguia completar. Só faltava ele explodir de orgulho. Os olhos da filha agora estavam na tela, cheios de vida, como ela.

– Que coisa linda, Vicenza... Você é muito especial, filha – disse ele, dando um beijo na testa dela.

Giovanne chegou nesse momento com uma bandeja de doces.

– Brigadeiro de biomassa de banana verde com cacau orgânico 79%. Mas juro que tá bom.

Os dois riram.

E então o executivo paulista viu o quadro.

– Uau! Que lindo, filha...

Vicenza amava ouvir aquela palavra. Filha. Torcia para não se acostumar nunca com ela. O coração chegava a acelerar, era muito bonitinho.

– Tá linda a exposição, Paco – elogiou Giovanne.

– Culpa dela – reagiu o artista, olhando encantado para Vicenza.

– Oi, Paco, oi, Giovanne.

Era Cadu, que se aproximou com uma margarida na mão e deu para Vicenza antes de dar um beijo nela. Olhando feio para o menino e extremamente desconfortáveis, ambos começaram a gesticular e a fazer sons esquisitos.

– Vocês são inacreditáveis! – riu Vicenza. – Tchau, gente. *Vamo*, Cadu?

– Onde é que cês vão? – Giovanne quis saber.

– Cês não querem companhia? Eu tô de boa, sem nada pra fazer agora – avisou Paco.

Giovanne olhou para Paco com cara de "É sério isso?". Paco entendeu a bronca e se desculpou com os olhos antes de se recompor e falar, com pinta de pai austero:

– Vicenza Shakti Pravananda Oxalá Sarahara Malala da Silva Benizatto Costa, respeita seu pai!

– Seus *pais*! – corrigiu Giovanne. – Onde é que vocês vão?

– Eles vão namorar! – explicou Raion, que chegava esvoaçante com um suco verde na mão. – Vai, gente, eu cuido desses dois aqui.

– Peraí. Cê falou namorar? Namorar como? Eu achei que eles estavam só se conhecendo – disse Giovanne, nervoso.

E Paco, o artista que se supunha moderno, *cool* e à frente de seu tempo, fez coro.

– Não acho que a Vicenza tenha idade pra namorar, sinceramente.

– Eu tenho 18 anos! – a garota protestou, achando graça.

– Pois é, uma criança – reagiu o artista.

Vicenza e Cadu viraram as costas e saíram.

– Tá com seu celular?

– Não, eu quase não uso!

– Raion, dá seu celular pra ela – pediu Paco.

As duas reviraram os olhos, mas acharam por bem obedecer, e Raion entregou seu celular para a filha. Pelo menos teriam como se falar.

– Não quero você incomunicável andando por aí – disse Giovanne.

– Tá esfriando! Não quer botar um casaco? – perguntou Paco.

– E um gorro? – acrescentou Giovanne.

– Talvez até uma luvinha, uma coisinha pro pescoço – emendou Paco.

Enquanto Raion caía na gargalhada, Vicenza também achava graça, olhando feliz para sua família linda, e saindo com Cadu de braços dados.

– Você acha que esse garoto é bom pra ela? – perguntou Paco.

– Claro que não, o menino é visivelmente um psicopata. E não corta a unha, né? – respondeu Giovanne.

– Ah, mas ele não corta a unha porque ele toca violão – explicou Paco.

– Vocês são ridículos. Deixa a menina ser feliz. Olha que coisa linda esse quadro. Vocês têm a melhor filha do mundo – disse Raion.

Por um momento, os dois deixaram a implicância imatura de lado para observar, agora no papel de pais da artista, o quadro de Vicenza. Que talento! Ambos ficaram estufados de orgulho, perderam a noção do tempo com os olhos grudados na tela, até que...

– Pô, o cara ainda é músico! Não é pra ela mesmo. Artista? – disse Giovanne, depois de quatro segundos em silêncio.

Isso mesmo. Quatro segundos.

– Qual é o problema? Eu sou artista! – estrilou Paco.

– Justamente! – provocou Giovanne, fazendo uma careta logo em seguida. Raion riu com vontade e abraçou os dois, que riram com ela e a beijaram carinhosamente em cada um dos lados da bochecha, enquanto Cadu e Vicenza se distanciavam para serem felizes.

Depois

Quando o casal mais fofo desta história via o sol se pôr no Morro da Ribeira (um dos poucos lugares com sinal de celular da Universo Cósmico, lembra?), Vicenza sentiu sua calça tremer.

Logo no momento em que ela estava beijando sua "almofadinha", longe de todos e com aquele céu arrebatador como testemunha, chegou uma mensagem. "Que pessoa sem *timing*!", ela pensou enquanto buscava o celular de Raion que estava no seu bolso.

– Aposto que é o Paco – falou Vicenza.

– Eu boto dez reais no Giovanne – brincou Cadu.

Vicenza riu e pensou alto:

– Pode ser os dois juntos também, é a cara deles.

Não era nem um, nem outro.

Miguel

Chegou a hora de conhecer minha filha, Raion. Você não pode me impedir! Fala comigo!

Foi a vez de Vicenza tremer.

Pai em dobro

Miguel? Então aquele era o nome do seu pai biológico?

E ele queria conhecê-la? Quem seria ele?

Vicenza nada disse. Apenas guardou o celular, falou para Cadu que era mensagem para sua mãe e deu um abraço afetuoso no garoto.

Enquanto a noite caía, de olhos fechados no ombro do rapaz que era sua primeira paixão, a jovem suspirou tranquila.

Como ela havia dito para a mãe, ela já tinha pai. Não um, mas dois. Dois pais muito especiais.

Simples assim.